AF144848

www.united-pc.eu

PETER RAUPACH

STRAHLEN DER MACHT

15.11.2018

Ansprache des Präsidenten und Diktators von Nord
Lamei

vor den versammelten Streitkräften auf dem Platz der
Völker in der Hauptstadt Madona

**„Wir haben die High – Tech-Waffe enzwickelt, die den
Gegner außer Gefecht setzt, ohne ihn zu töten;**

Die ultimative strategische Waffe!"

„In der Nacht von gestern auf heute ist am Münchner Flughafen gegen 23 Uhr eine Frachtmaschine der Firma „AIRCARGO" abgestürzt. Beide Piloten sind dabei ums Leben gekommen und die Maschine ist völlig ausgebrannt. Die Ursache ist noch unbekannt. Spezialisten des Bundesluftfahrtamtes sind vor Ort."

Diese Nachricht erscheint auf dem Screen in meinem Wagen. Ich bin in meinem Dienstwagen auf dem Weg von meiner Wohnung zu meinem Büro und stecke auf der Prinzregentenstraße im Verkehr fest.

Warum sendet mir mein Partner diese Nachricht? Wir sind doch ausschließlich für die Aufklärung von Gewaltverbrechen zuständig und dies nur im Auftrag der Staatsanwaltschaft.

Über die Freisprechanlage meines Handy´s rufe ich meinen Partner an.

„Hallo Max, warum sendest Du mir diese Nachricht?"

„Der Vorgang ist seltsam! Erst hebt der Flieger völlig normal ab, um dann nach Sekunden abzusacken und auf dem Boden aufzuschlagen."

„Ist so etwas nicht die Folge eines technischen Versagens?"

„Das wäre richtig, wenn nicht eine sonderbare Sache passiert wäre."

„Und das ist?"

„Die Flughafenleitung hat die Polizei gebeten, nach dem Löschen des Brandes die zwei Flugschreiber zu suchen und an die Spezialisten des Bundesluftfahrtamtes weiterzugeben. Als der Streifenwagen die Unfallstelle erreichte, sahen die zwei Polizisten aus ihrem Wagen zwei Feuerwehrmänner, die in den Trümmern etwas suchten. Einer hatte eine Art Kiste unter dem Arm, die, wie sich später herausstellte, einer der Flugschreiber war. Als sich die Polizisten den Feuerwehrmännern näherten, ließ der eine die Kiste fallen und beide rannten zu einem Kommandowagen der Feuerwehr und rasten davon."

„Okay, das klingt wirklich seltsam! Und wie ging es dann weiter und wie kommen wir ins Spiel?"

„Das kann ich Dir leicht erklären. Die Polizisten haben die Abteilungsnummer auf dem Rücken der Schutzanzüge der beiden Männer erkannt und mit dieser Gruppe Kontakt aufgenommen. Ergebnis: alle Männer der Abteilung waren zum Zeitpunkt des Auffindens des Flugschreibers bei ihrem Einsatzwagen beschäftigt. Die beiden Männer am Flugzeugwrack waren nicht aus dieser Gruppe.

Und es wird noch seltsamer!
Die Spezialisten des Bundesluftfahrtamtes haben einen der Flugschreiber geöffnet und festgestellt, dass die gesamte Elektronik zerstört wurde. Diese Zerstörung ist aber nicht durch eine mechanische Krafteinwirkung verursacht worden, sondern durch eine elektromagnetische Überlastung; wie wenn neben der Maschine eine Atombombe explodiert wäre und einen EMP ausgelöst hätte."

„Was ist das – ein EMP?"

„EMP, das bedeutet electromagnetic puls und das ist eine kurzzeitige breitbandige elektromagnetische Strahlung. Diese wird hochenergetisch durch die Explosion einer Atombombe oder mit niedrigerer Energie durch Entladung von Induktivitäten, das sind elektrisch aufgeladene Spulen, über Kondensatoren erzeugt und zerstört in einem energieabhängigen Umkreis alle elektronischen Geräte. Soweit der Ausflug in die Physik."

„Danke, ich habe verstanden. Aber wie soll das jetzt weitergehen?"

„Ich wurde von einem Bekannten bei der Lufthafenpolizei gebeten, zu kommen und sollte jetzt so lange am Flughafen bleiben, bis auch der zweite Flugschreiber untersucht ist.

Während der Wartezeit kann ich den Kontakt zur Lufthafenpolizei halten, vielleicht kommen aus den Ermittlungen neue Erkenntnisse oder die laufende Fahndung nach den beiden vermeintlichen Feuerwehrmännern bringt einen Erfolg. Ich halte Dich informiert."

„Und ich hole uns in der Zwischenzeit den offiziellen Auftrag der Staatsanwaltschaft, im Falle der gestorbenen Piloten zu ermitteln."

„Roger! Bis bald!"

Am nächsten Morgen gibt es eine Pressekonferenz am Flughafen. Das Interesse ist groß, denn es ist etwas durchgesickert von einem Anschlag. Ich sitze eingepfercht zwischen vielen Journalisten in einem viel zu kleinen Sitzungsraum des Münchner Flughafens.

„Mein Name ist Bernd Oberhaus und ich bin der Leiter der Bundesstelle für Flugunfalluntersuchung des Bundesluftfahrtamtes. Neben mir sitzt Mister James Thornton, er ist Leiter der Niederlassung München der Firma AIRCARGO, der Eigentümerin der abgestürzten Maschine.

Daneben sitzt Herr Robert Machmann. Er ist Leiter der Flughafenfeuerwehr. Der vierte Herr an meiner Seite ist Herr Matthias Schleicher. Er ist der Chef der Flughafenpolizei. Letzter in der Reihe ist Herr Hauptkommissar Max Pfleger von der Mordkommission der Kriminalpolizei München.

Alleine an der Auswahl der Personen für diese Pressekonferenz können Sie ersehen, dass der nächtliche Absturz der Frachtmaschine kein normaler Unfall war. Wir haben Indizien dafür gefunden, dass es sich um einen Anschlag handelte."

Aus dem Publikum ist ein Murmeln zu hören, denn diese klare Aussage überrascht nun doch. Herr Oberhaus fährt fort:

„Im Nachfolgenden erläutere ich Ihnen einige Details:

Die Auswertung der beiden Flugschreiber, die von den Herren des Bundesluftfahrtamtes vorgenommen wurde, zeigen eine hochenergetische Einwirkung von außen auf die elektronischen Bauteile der Flugschreiber; keine mechanische Beschädigung sondern eine elektromagnetische.

Daneben berichtet die Flughafenpolizei von zwei verdächtigen Personen in Feuerwehrschutzanzügen, die am Flugzeugwrack offensichtlich nach den Flugschreibern suchten.

Beim Eintreffen von zwei Beamten der Flughafenpolizei ergriffen sie die Flucht in einem gestohlenen Kommandowagen der Flughafenfeuerwehr. Die Nachfrage bei der Feuerwehr ergab, dass alle Mitarbeiter bei den Einsatzfahrzeugen anwesend waren. Es handelt sich also um Dritte, nach denen seit heute Nacht gefahndet wird.

Die Staatsanwaltschaft München hat sich eingeschaltet, da es sich offensichtlich um einen Terrorakt handelt. Die Kriminalpolizei München hat für die Ermittlungen zwei ihrer fähigsten Beamten abgestellt. Der eine ist der hier anwesende Hauptkommissar Pfleger. Der zweite ist Hauptkommissar Peter Wille, der aus ermittlungstaktischen Gründen unerkannt bleiben will.

Sie werden sicher eine Menge Fragen zu Einzelheiten unserer bisherigen Ermittlungen haben. Bitte verstehen Sie, dass davon einige aus ermittlungstechnischen Gründen unbeantwortet bleiben müssen.
Ich sehe eine Meldung. Bitte!"

„Mein Name ist Paul Runge von der Abendzeitung. Können Sie schon sagen, wie stark die elektromagnetische Einwirkung auf die Maschine war und was dadurch neben den Flugschreibern zerstört wurde?"

„Der zweite Teil Ihrer Frage ist leider einfach zu beantworten. Wir gehen davon aus, dass der EMP zur sofortigen Zerstörung aller elektronischen Bauteile des Flugzeuges geführt hat. Dadurch ist das plötzliche Absacken der Maschine aus dem Steigflug zu erklären. Das Flugzeug war in diesem Moment nicht mehr steuerbar.

Zur Stärke des EMP! Wir haben Physiker der Technischen Universität München gebeten, anhand der Beschädigungen der Flugschreiber auf die Stärke des Impulses zurückzurechnen. Das ist insoweit schwierig, da wir den Abstand zwischen der Strahlungsquelle und der Maschine noch nicht kennen. Soviel lässt sich im Augenblick sagen: es war mit Sicherheit keine große Bombe, sonst wären auch die elektronischen Bauteile in anderen am Flugfeld stehende Maschinen betroffen und auch die im Tower.

Auf der anderen Seite kann es auch keine Miniapparatur gewesen sein, die in den Kofferraum eines PKW passt, dazu sind die Schäden zu groß. Also scheidet auch der gestohlene Kommandowagen der Feuerwehr als Tatfahrzeug aus.

„Martin Benson von der Süddeutschen Zeitung: Haben Sie eine Beschreibung der Männer in den Feuerwehrschutzanzügen?"

„Sorry, aber diese Frage fällt unter die Anweisung, aus ermittlungstaktischen Gründen, nicht zu antworten."

Die weiteren Fragen und Antworten bringen für mich nichts Neues, sodass ich froh bin, dass die Pressekonferenz mit der Zusage beendet wird, bei Auftauchen neuer Tatsachen, eine Verlängerung zu erfahren.

Mein Kollege Max signalisiert mir, dass er mich sprechen möchte. Ich schlendere zu meinem Wagen, den ich im Parkhaus des Flughafens abgestellt hatte und nach kurzer Zeit zwängt sich Max auf den Beifahrersitz.

„Hast Du schon wieder zugenommen?"

„Nein, ich bin nur für mein Gewicht immer noch zu klein."

„So, so, und gibt es etwas Neues?"

„Ja und zwar Einiges.

Zuerst einmal zu dem gestohlenen Kommandowagen; die Flughafenpolizei hat ihn gefunden. Am Aussichtshügel Süd war der Zaun zum Flugplatz in voller Höhe durchschnitte. Durch diese Lücke ist der Kommandowagen ein- und auch wieder ausgefahren.

Von dort aus führt eine Straße nach Hallbergmoos. An dieser, etwa zwei Kilometer nach der Zaunlücke, stand der Kommandowagen. Reifenspuren lassen darauf schließen, dass an dieser Stelle ein anderes Fahrzeug wartete und die zwei getarnten Männer zur weiteren Flucht aufnahm. Der Kommandowagen befindet sich jetzt bei unserer Untersuchungsstelle und wird kriminaltechnisch untersucht.

Es kommt noch besser:

Die Feuerwehrleute der Flughafenfeuerwehr sind alle mit Helmkameras ausgestattet. Wir haben uns über Nacht die gespeicherten Bilder angesehen. Die meisten sind nicht relevant. Aber auf einer Sequenz sind die beiden falschen Feuerwehrleute deutlich zu erkennen. Sie tragen zwar Helme, aber an den Bewegungen ist zu erkennen, dass es sich bei einer Person um eine Frau handelt. Auch sind die Gesichter wenigstens zum Teil zu erkennen. Diese Aufzeichnung ist auch bei der Kriminaltechnik. Vielleicht bekommen wir die Gesichter noch deutlicher.

Es geht aber noch weiter:

Auf einer anderen Sequenz ist ein weißlackierter Lieferwagen zu erkennen, der das Flughafengelände Sekunden nach dem Zeitpunkt des Impulses Richtung Aussichtshügel Süd, also in Richtung der Zaunlücke, verlässt. Das Interessante daran ist, dass das Dach des Lieferwagens aus zwei Flügeltüren besteht, die offen stehen und zwischen denen so etwas wie ein waagrechtes Rohr zu sehen ist.

Hier taucht die Frage auf, ob der Lieferwagen etwas mit dem EMP zu tun hat, ob es möglich ist, eine entsprechende Apparatur in seinen Laderaum einzubauen."

Am nächsten Tag bin ich in der Morgendämmerung schon wieder auf dem Weg zum Flugplatz im Erdinger Moos. Der Leiter der Untersuchungskommission hat entscheidende Informationen angekündigt. Um in der Menge der Journalisten nicht aufzufallen, habe ich mir einen Presseausweis auf den erfundenen Namen Paul Horner von der Süddeutschen Zeitung ausstellen lassen. Ich möchte weiterhin verdeckt ermitteln.

Der Konferenzraum ist heute etwas größer, aber trotzdem überfüllt. Alle anwesenden Presseleute erwarten Sensationen. Herr Oberhaus sitzt an einem quergestellten Tisch, links und rechts zwei sportliche, junge Männer in einer mir unbekannten Uniform. Herr Oberhaus begrüßt die Anwesenden und fährt fort:

„Sie sehen links und rechts neben mir zwei Piloten der Firma AIRCARGO, deren Flugzeug gestern aus bisher immer noch unerklärlicher Ursache abgestürzt ist. Die beiden Herren waren für diesen Flug als Piloten eingeteilt; sind also bei dem Absturz nicht ums Leben gekommen. Warum? Das soll Ihnen Herr Flugkapitän Ehrl – er sitzt zu meiner Linken – selbst erklären."

„Ja, meine Damen und Herren, das ist eine seltsame Geschichte. Mein Kollege und ich haben die Nacht vor dem Absturz in einem kleinen Hotel in der Nähe des Flugplatzes geschlafen. Etwa vier Stunden vor der vorgesehenen Startzeit unseres Fluges sind wir mit einem Leihwagen zum Flughafen gefahren. Als wir die Rückgabezone für die Leihwagen erreichten und einparkten, wurden wir jeder von einem Feuerwehrmann in Schutzanzug und mit Helm mit einer Waffe bedroht und gezwungen, in einen Kommandowagen der Lufthafenfeuerwehr einzusteigen. Man fuhr uns zu einem Container auf dem Vorfeld und schloss uns dort ein. Erst nach vielen Stunden erlöste uns ein Mitarbeiter einer Servicefirma aus unserem Gefängnis. Er hatte an dem Container gehalten, um sich zu erleichtern. Dabei hörte er unser Klopfen. Zu diesem Zeitpunkt war unsere Maschine bereits abgestürzt."

Herr Oberhaus meldet sich erneut zu Wort:

„Wir haben durch dieses Ereignis den Beweis, dass es sich bei dem offensichtlich durch einen EMP ausgelösten Unfall um einen lange vorbereiteten Terrorakt handelt.

Vordringlichste Aufgabe ist es jetzt, die beiden Personen zu finden, welche die Piloten der AIRCARGO kidnappten und später nach den Flugschreibern suchten. Aus den bisherigen Zeugenaussagen und ausgewerteten fotographischen Aufzeichnungen ergibt sich eine große Wahrscheinlichkeit, dass es sich hierbei um die gleichen Personen handelt.

Daneben muss schnellstens die Identität der beim Absturz der Maschine ums Leben gekommenen Personen im Cockpit aufgeklärt werden. Hierzu haben wir die Rechtsmedizin der Universitätskliniken eingeschaltet. Die Mediziner versuchen aus den Überresten DNA-Material zu finden. Das ist nicht einfach, da beide Personen fast völlig verbrannt sind. Bitte, haben Sie Fragen. Ich werde sie gerne beantworten, soweit sie nicht die polizeilichen Maßnahmen beeinträchtigen."

„Haben Sie Erkenntnisse, wem der Container gehört, in dem die beiden Piloten eingesperrt waren?"

„Ja, er gehört einer Baufirma, die mit Reparaturarbeiten am Vorfeld beschäftigt war. Es ist deren Baubüro."

„Das bedeutet also, dass er nicht extra aufgestellt, sondern nur zweckentfremdet wurde."

„Richtig und ich kann gleich berichten, dass wir außer den Spuren von diversen Mitarbeitern der Baufirma und von den beiden Piloten keine anderen gefunden haben. Wir gehen davon aus, dass die beiden Täter durch das Tragen der Feuerwehrschutzanzüge verhindert haben, dass sie eigene Spuren, wie zum Beispiel DNA-Material, hinterlassen."

Die weiteren Fragen und die Antworten darauf ergeben nichts Neues, weshalb ich die Presskonferenz verlasse und mich auf den Rückweg zu meinem Büro mache.

Unterwegs erreicht mich ein Anruf meines Kollegen Max:

„Hallo Peter, wo bist Du im Moment?"

„Ich bin auf der Rückfahrt zum Büro auf der Autobahn ungefähr auf Höhe der ALLIANZ-Arena."

„Aha und ich bin in der Werkstatt der Kriminaltechnik und habe einige Informationen für Dich.
Der von den Tätern benutzte vermeintliche Kommandowagen stammt nicht von der Feuerwehr. Es handelt sich um einen ähnlichen Fahrzeugtyp, der auf Feuerwehr lackiert und mit Attrappen von Blaulicht etc. ausgestattet wurde. Unsere Techniker haben auf den Rücksitzen DNA von zwei Männern sichern können. Ich gehe davon aus, dass es sich um die DNA der beiden entführten Piloten der AIRCARGO handelt. Auf dem Fahrersitz wurde ebenfalls eine DNA-Spur gefunden, und jetzt kommt eine Überraschung, die von einer Asiatin stammt."

„Hoppla, das ist eine wichtige Information. Sollte es sich bei den Tätern um Asiaten handeln? Was könnte deren Interesse sein, hier bei uns ein Frachtflugzeug abstürzen zu lassen?"

„Du hast recht mit diesen Fragen. Aber zuerst müssen wir die Werkstatt finden, in der das benutzte Fahrzeug auf Kommandowagen umgebaut wurde. Das werde ich übernehmen."

„Und ich gehe zu unserem Chef. Er hat eine Nachricht hinterlassen, dass er mich dringend sprechen muss. Viel Erfolg bei Deiner Suche."

Mein Chef, Herr Kriminaldirektor Hamann, empfängt mich in seinem Büro mit der ihm immer eigenen Höflichkeit.

„Herr Wille, das ist aber nett, dass Sie so schnell kommen können."

Er sitzt an seinem Konferenztisch, neben ihm zwei Herren, denen man auf den ersten Blick ansieht, dass sie Agenten irgendeines Dienstes sind.

Herr Direktor Hamann spricht weiter:

„Darf ich Ihnen die beiden hier anwesenden Herren vorstellen.
Zu meiner Linken, das ist Herr Robert Engel. Er ist Leiter der Abteilung Bandenkriminalität des Inlands-geheimdienstes. Der andere Herr ist Oberst Reimann vom militärischen Geheimdienst. Beide Herren baten mich, ihnen die Genehmigung zu geben, mit Ihnen sprechen zu dürfen. Sie haben Informationen zu den Hintergründen des Absturzes der Frachtmaschine am Münchner Flughafen. Ich meine, dass Ihnen jede Information zu Nutzen sein kann, die zur Aufklärung dieses doch sehr ungewöhnlichen Terroraktes dienen kann."

„Das ist wirklich ein sonderbarer Fall und ich bin für jede Information dankbar, auch für jede Hilfe bei der Aufklärung und dies sowohl was die personelle Unterstützung als auch die technische angeht."

Herr Engel meldet sich zu Wort:

„Lassen Sie mich zuerst Danke sagen für die Bereitschaft zur Zusammenarbeit. Wie Sie wissen, überwachen die Dienste das Internet und andere weltumspannende Verbindungen laufend unter Zuhilfenahme von Tausenden von Suchbegriffen. Einer davon sind die drei Buchstaben EMP für electromagnetic pulse. Jahrelang hatten wir dabei nur wenig Treffer, die , wie sich später herausstellte, stets aus den Diskussionen von Wissenschaftlern stammten. In den letzten Monaten nun taucht diese Bezeichnung plötzlich öfter auf und zwar in E-Mails, die aus Asien abgesendet wurden. Das weckte unser Interesse und wir konnten ermitteln, dass die Absender dieser E-Mails Organisationen zweier um die Macht konkurrierender Staaten in Fernost waren. Die Empfänger konnten wir noch nicht identifizieren. Es handelt sich aber um zwei in Europa angesiedelte Adressen.

Und plötzlich ereignet sich der mysteriöse Flugzeugabsturz hier in München. Nach unserem Kenntnisstand gehen alle Beteiligten im Moment davon aus, dass er durch einen hochenergetischen Impuls von außerhalb der Maschine verursacht wurde. Dies ist nach heutigem Wissensstand unmöglich! Wenn Sie zum Beispiel zur Zerstörung feindlicher Elektronik eine Atombombe zünden, so tun Sie dies in einer festgelegten Höhe über dem Erdboden. Die dabei entstehende elektromagnetische Schockwelle dehnt sich kugelförmig nach allen Seiten aus und dies auf eine vorher berechnete Entfernung. Um ein einzelnes Flugzeug anzugreifen, müssten Sie das elektromagnetische Feld von seiner kugelförmigen Ausdehnung in linearer Richtung bündeln. Das ist bis heute niemandem gelungen."

Ich überlege einen Moment.

„Das bedeutet, dass wir nur nach einem Genie der Physik oder Elektrotechnik suchen müssen."

„Richtig und zwar schnell, denn wir nehmen an, dass zwei Teams aus Asien das gleiche Ziel haben, nämlich in den Besitz einer womöglich hier entwickelten Waffe zu kommen."

„Dabei kann ich Ihnen mit einer Information dienen, die ich auch erst vor einigen Minuten erhalten habe. Wir haben auf dem Fahrersitz des nachgebauten Kommandowagens eine DNA gefunden, die von einer Asiatin stammt."

„Vielen Dank, das stützt unsere These."

„Was schlagen Sie vor, wie wir weiter vorgehen?"

„Unsere IT-Spezialisten werden noch intensiver nach den Empfängern der E-Mails aus Asien suchen."

„Und ich werde mich bei der Technischen Universität verdeckt einschleichen, um der Frage nachzugehen, ob sich dort jemand mit der Bündelung von elektromagnetischen Feldern beschäftigt oder Kenntnis davon hat, dass in der Branche irgendjemand daran arbeitet."

Wir verabreden ein weiteres Treffen für den nächsten Tag.

Der Mitarbeiter der Fahrbereitschaft des Polizeipräsidiums setzt mich vor dem Institut für Hochspannungstechnik der Technischen Universität ab.

Dieses ist in einem gewaltigen Gebäude untergebracht, mit Büros, aber auch einer großen Halle.

Mit Hilfe des Raumplanes an der Wand der Eingangshalle finde ich den Weg zum Büro des Leiters des Institutes. Mein Presseausweis genügt, um die Sekretärin zu veranlassen, mich anzumelden.

„Herr Professor Klump, vielen Dank, dass Sie mir einige Fragen beantworten wollen."

„Ich arbeite gerne mit der Presse zusammen, Herr Horner, insbesondere da es mir die Möglichkeit gibt, zu dem mysteriösen Vorgang am Flughafen Stellung zu nehmen."

„Darf ich vorab für meine Leser die Frage stellen, mit welchen Themen Sie sich und Ihre Mitarbeiter hier in diesem Institut der Hochschule in der Regel beschäftigen?"

„Die Hauptaufgabe unseres Institutes ist die Ausbildung von Hochspannungstechnikern, die sowohl die Berechnung als auch die Konstruktion von Hochspannungsgeräten beherrschen sollen. Diese werden bei der Erzeugung, der Weiterleitung und der Nutzung von elektrischer Energie benötigt.

Daneben forschen wir auf dem Gebiet der Prüfung solcher Geräte mit hohen Spannungen und Strömen, um deren Dauerfestigkeit zu testen."

„Vielen Dank für die kurze Darstellung. Sie führt mich direkt zu der Frage: Können Sie hier einen EMP erzeugen?"

„Deutliche Antwort: Ja!
Aber nur sehr begrenzt.
Unsere Anlagen zur Erzeugung hoher Spannungen mit einer folgenden schnellen Entladung sind von der Energie her minimal – ein Hunderttausendstel einer kleinen atomaren Entladung.
Trotzdem, wäre unsere Prüfhalle nicht extrem abgeschirmt, würden durch eine Entladung bei uns im Umkreis einiger hundert Meter alle elektronischen Geräte ausfallen.
Aber – und da komme ich zu dem Vorfall am Flugplatz – die Ausbreitung eines EMP ist kugelförmig um die Strahlungsquelle. Ich kenne weltweit keine Entwicklung hin zu einer Linearisierung eines EMP."

„Können Sie sich vorstellen, dass man eine Anlage baut, die in einen Lieferwagen, wie zum Beispiel einen Mercedes Sprinter, passt und die einen energiereichen EMP erzeugen kann, der elektronische Geräte im Umkreis einiger hundert Meter beeinflusst oder zerstört?"

„Wieder – ja!"
Aber es bleibt das Problem der Linearisierung. Nach unserem heutigen Wissen ist es nicht möglich, den EMP auf ein einzelnes Objekt auszurichten,"

„Wenn wir theoretisch davon ausgehen, dass der Unfall am Flughafen durch einen gerichteten EMP ausgelöst wurde, führen Ihre Erklärungen direkt zu der Frage, ob es irgendwo ein Genie gibt, dem die Ausrichtung oder Bündelung eines EMP gelungen ist.
Können Sie sich das vorstellen?"

„In der Technik gibt es nichts, das unmöglich wäre. Jede Entwicklung hat einen Anfang, oft in der systematischen Suche nach einer Problemlösung, oft aber auch im Zufall. Warum soll nicht irgendwo auf der Welt ein Individuum einen genialen Einfall haben, der uns in der technischen Entwicklung wieder einen Quantensprung weiterbringt.

Nur – bezogen auf den EMP bewegen wir uns hart an der Grenze zur Waffentechnik. Sollte der Unfall am Flughafen wirklich durch einen gerichteten EMP verursacht worden sein, bewegen wir uns weit außerhalb des Tätigkeitsfeldes meines Institutes."

„Noch eine direkte Frage: gibt es an Ihrem Institut oder anderen Forschungseinrichtungen Personen, seien es Professoren, Doktoranten oder Studenten, denen Sie eine so geniale Fähigkeit zutrauen würden?"

„Nicht, dass ich wüsste!
Trotzdem möchte ich sichergehen. Eine, wie von uns theoretisch angenommene Entwicklung braucht Ausrüstung. Teile davon gibt es natürlich hier im Institut. Seit Jahren plane ich eine Inventur aller unserer Ausrüstungen. Dies ist aus Bequemlichkeit bisher unterblieben. Ich werde sie noch heute anordnen, schon um selbst sicher zu sein, dass sich hier nichts Gefährliches abspielt. Wäre Ihnen damit geholfen, wenigstes zu einem kleinen Teil?"

„Vielen Dank! Bitte informieren Sie auch die Polizei von Ihrer Maßnahme."

Damit endet das Gespräch, das mein Wissen über die Problematik erheblich erweitert hat und ich gehe zur U-Bahn, um in das Polizeipräsidium zurückzukehren.

„Bewegst Du Dich nur noch in den Höhen der Wissenschaft oder darf ich Dich mit normaler Kriminalarbeit belästigen?"

Mein Kollege Max steckt den Kopf durch die Türe meines Büros.

„Komm rein und erzähle, was Deine normale Krimiarbeit erbracht hat."

„Du erinnerst Dich, dass unsere Kriminaltechnik das sogenannte Kommandofahrzeug untersucht hat."

„Ja!"

„Wir haben versucht, die Werkstatt ausfindig zu machen, die das Fahrzeug umgebaut hat. Das ist uns bis heute nicht gelungen. Dafür haben wir einen anderen Erfolg gehabt. Der Kriminaltechnik ist es gelungen, die ausgeschliffenen Fahrgestell- und Motornummern wieder lesbar zu machen und über diese Nummern haben wir die Verleihfirma ausfindig gemacht, die Eigentümerin dieses Fahrzeuges ist.
Das Fahrzeug wurde drei Wochen vor dem Unfall durch ein asiatisch aussehendes Pärchen angemietet. Sie wiesen sich durch deutsche Personalausweise aus, die auf die Namen Fan-Ju Miller und Oskar Miller lauteten.

Kopien haben wir erhalten, wie auch die Aufnahmen der Überwaschungskamera der Verleihfirma. Die Aufnahmen von dem Pärchen werden im Moment vergrößert. Ich sende sie sofort nach Erhalt auf Dein Handy."

„Puh, das sind erfreuliche Nachrichten."
Mein Bericht von meinem Besuch bei der Technischen Universität ist auch fertig. Ich werde jetzt Kontakt zu den Herren von den Geheimdiensten aufnehmen. Mal sehen, ob sie auch Neuigkeiten haben."

„Und ich gehe auf die Suche nach dem Pärchen. Irgendwo müssen sie ja wohnen."

Max geht und ich rufe meinen Chef an. Er verspricht, schnellstens ein Treffen mit den Geheimdienstlern zu arrangieren.

Am nächsten Tag sitzen wir in gleicher Besetzung am Konferenztisch im Arbeitszimmer meines Chefs zusammen; mein Chef Kriminaldirektor Hamann, Herr Engels vom Inlands-Geheimdienst und Oberst Reimann vom Militär-Geheimdienst.

Ich eröffne das Gespräch:

„Meine Herren, bevor wir die weiteren Maßnahmen in unserer Aufklärungsarbeit besprechen, fasse ich kurz zusammen, was wir bis heute Morgen ermitteln konnten.

Es ist sicher unbestritten, dass das Ereignis am Flughafen kein Unfall, sondern ein Terrorakt war.

Die Identität der beiden ums Leben gekommenen Piloten ist noch nicht geklärt; die wenigen Überreste der beiden Körper geben nach dem Brand kaum DNA-Spuren frei. Unsere Rechtsmediziner arbeiten auf Hochtouren.

Bewiesen ist auch, dass das Pärchen, das in den Resten des Flugzeuges gesehen wurde, aus Asien stammt. Unterstrichen wird dies durch die Aussage der Mitarbeiter der Autoverleihfirma, bei der das vermeintliche Kommandofahrzeug gemietet wurde.

Ich kann Ihnen Bilder aus der Überwachungskamera dieser Firma übergeben, die unsere Techniker bearbeitet haben. Sie zeigen die beiden Personen recht deutlich, wir haben die Fahndung eingeleitet.

Über den weißen Lieferwagen, der ebenfalls am Tatort war, wissen wir noch nicht mehr.

Im Institut der Hochspannungstechnik läuft eine Inventur, von der ich mir allerdings nicht viel verspreche."

Herr Engel meldet sich zu Wort:

„Ich kann noch etwas Interessantes beitragen. Sie erinnern sich, dass ich von dem angestiegenen Email-Verkehr aus Asien mit den Buchstaben EMP berichtet habe. Unseren IT-Spezialisten ist es gelungen, den Internetadressen der Empfänger näher zu kommen. Wir haben sie noch nicht direkt identifiziert, aber wir wissen bereits, dass sie sich hier in München befinden."

In diesem Moment läutet das Telefon, das vor meinem Chef steht.

„Das muss aber dringend sein. Es sollte doch kein Gespräch durchgestellt werden.

„Hamann hier! Was ist so dringend?"

„Professor Klump für Herrn Wille."

„Ich gebe den Hörer weiter."

„Paul Horner hier."

Die Geheimdienstler blicken verwirrt; sie wissen nichts von meiner Tarnung.

„Professor Klump hier, Herr Horner, ich habe eine schlechte Nachricht. Wir haben noch gestern mit der Inventur unserer Einrichtungen begonnen. Dabei haben wir nach kurzer Zeit festgestellt, dass aus unserem Lager, in dem wir Reserveteile lagern, falls von den Teilen in den Prüfständen etwas defekt wird, einige verschwunden sind. Es handelt sich um zwei komplette Bausätze, mit denen man verschiedene Schaltungen herstellen kann, von denen eine zur Erzeugung eines EMP benutzt werden kann. Kein starker EMP, aber doch ausreichend, um Elektronik im Umkreis von etwa vierhundert Metern zu stören."

„Das ist die Nachricht des Tages! Bitte stellen Sie sofort eine Liste aller Personen zusammen, die Zutritt zu diesem Lager haben oder hatten."

„Das wird nicht viel nutzen, denn theoretisch haben alle Personen, die in unserem Hause ein- und ausgehen, Zutritt zu diesem Lager. Ich habe feststellen müssen, dass es meistens unverschlossen war."

„Dann machen Sie bitte eine Liste aller Personen, die Zutritt hatten. Wir müssen sie alle überprüfen.
Wie haben Sie mich übrigens hier im Polizeipräsidium gefunden?"

„Auch das war ein Zufall! Sie hatten mir Ihre Karte gegeben, mit einer Telefonnummer bei der Süddeutschen Zeitung. Ich habe dort angerufen und der Mitarbeiter, den ich dort erreichte, war recht vertrauensselig. Als er hörte, dass ich Professor an der Technischen Universität bin, hat er mir die Nummer des Polizeipräsidiums gegeben. Dort hat man mich zu Ihrem Chef weiterverbunden."

„So viel zu meiner Tarnung!"

Die beiden Geheimdienstler grinsen bis zu ihren Ohren.

„Ihren Mitarbeitern gegenüber bleibe ich bei meiner Tarnung. Wir wollen uns das Geschütz Kriminalpolizei für einen späteren Zeitpunkt aufheben."

„Okay, ich lasse sofort die Liste anfertigen."

„Ich schicke einen Mitarbeiter, der Ihnen helfen kann und dann die Liste zu uns bringt. Auf Wiedersehen."

Herr Engel spricht:

„Mal abgesehen vom Auffliegen Ihrer Tarnung klärt sich die Sache doch ganz langsam.

Ich nehme an, dass der Diebstahl der Einrichtungen im Hochspannungsinstitut nicht dazu dienen sollte, damit ein wenig herumzuspielen. Auch einen Studentenstreich schließe ich aus. Hier hat sich jemand die Hilfsmittel besorgt, um eine Apparatur zur Erzeugung eines EMP aufzubauen. Wir brauchen dringend weiterführende Informationen, wie man so etwas zusammenbauen kann, wie groß und wie schwer es dann ist und das Wichtigste, wer ist in der Lage, einen zielgerichteten EMP zu erzeugen."

„Das ist richtig! Ich werde den Mitarbeiter, den ich in das Institut schicke entsprechend instruieren."

Wir beenden das Gespräch für den Augenblick und verabreden, uns bei Bedarf jederzeit wieder zu treffen.

Mein Kollege Max und ich haben uns in der Mensa der Technischen Universität verabredet. Ich hatte Max zu Professor Klump geschickt, damit er bei der Erstellung der Liste mithilft, welche die Namen der Personen enthalten sollte, die Zugang zum Lager mit den Ersatzgeräten hatten.

„Die Liste, die ich zusammen mit Professor Klump erstellt habe, ist sehr umfangreich und bei den Wohnadressen sehr lückenhaft. Trotzdem habe ich bei der Erarbeitung immer wieder die Frage gestellt, ob der Professor der Person, die wir gerade auf die Liste setzen, zutraut, einen solchen Genieblitz zu entwickeln, wie er zur Linearisierung eines EMP notwendig wäre."

„Sehr gut Max! Und habt ihr jemand gefunden?"

„Nun, wir haben nach einiger Zeit eine Art von Bewertungsskala der Personen entwickelt. In die erste Kategorie haben wir nur Personen aufgenommen, die nach ihren bisherigen wissenschaftlichen Leistungen befähigt erscheinen, das Problem der Linearisierung zu lösen. In die zweite Kategorie haben wir die Personen eingestellt, die auch außerhalb der wissenschaftlichen Arbeiten zu Genieblitzen fähig erscheinen.
Das Ganze ist aber trotzdem von Seiten Professor Klump äußerst subjektiv."

„Jetzt spann mich nicht auf die Folter! Habt ihr einen Ansatz gefunden?"

„Ja – in die erste Kategorie hat Professor Klump drei Personen eingereiht, in die zweite fünf."

„Das wäre ja fast zu schön!"

„Du hast recht, denn jetzt beginnt wieder die normale Kriminalarbeit. Ich meine, wir sollten diese acht Personen schnellstens auf Abweichungen vom normalen Studiengang oder auf verdächtiges Verhalten überprüfen."

„Das wird zu viel Arbeit für Dich, für eine Person. Der Chef und auch die Geheimdienste haben mir jede Unterstützung zugesagt. Die werde ich jetzt anfordern, Lass diese zusätzlichen Mitarbeiter auch gleich mit den Fotos von dem asiatischen Pärchen ausstatten. Sie sollen in der Umgebung der zu überprüfenden Personen nach ihnen Ausschau halten."

„Gute Idee! Du verstehst also doch noch etwas von normaler Polizeiarbeit!"

Mit diesem Scherz gehen wir auseinander; Max zum „Klingelputzen" und ich zurück in das Polizeipräsidium.

„Hallo, Herr Oberst! Warten Sie auf mich?"

Herr Oberst Reimann vom militärischen Geheimdienst hat es sich in meinem Büro gemütlich gemacht. Mit den Füßen auf meinem Schreibtisch sitzt er in meinem Stuhl.

„Ja, man sagte mir, dass Sie in Kürze zurück erwartet werden. Ich möchte Ihnen eine Neuigkeit mitteilen, die uns jetzt sehr beschäftigt."

„Sie machen mich neugierig."

„Unsere IT-Spezialisten sind vorangekommen. Sie haben eine der beiden Internet-Adressen lokalisieren können. Sie befindet sich in einem Studentenwohnheim in der Müllerstrasse in Schwabing."

„Ahoi, da muss ich sofort etwas überprüfen."

Ich wähle die Handy-Nummer von Max.

„Hallo Max, eine Frage, wohnt eine der Personen der Kategorien eins oder zwei in einem Studentenwohnheim an der Müllerstrasse?"

„Moment, ich schau nach. Ja, einer aus der Kategorie eins, ein Hans Kohler."

„Bitte besorge mir alles, was über ihn bekannt ist und richte sofort eine Überwachung ein."

„Wird gemacht!"

Oberst Reimann scheint sehr gespannt zu sein. Die Füße sind vom Schreibtisch. Ich berichte ihm von der Liste von Professor Klump und unseren Vermutungen.

„Das bringt uns ein ganzes Stück voran. Ich schlage vor, dass Sie mit Ihren Mitarbeitern die Überwachung dieses Hans Kohler aufbauen und nebenbei alles Wissenswerte über ihn und seine Arbeit eruieren. Wir werden uns um sein Leben und seine Ambitionen kümmern."

„Bitte informieren Sie auch Ihre Kollegen vom Inlandsgeheimdienst. Wir werden personelle Unterstützung brauchen."

„Wenn Sie es benötigen, stelle ich Ihnen auch noch Personal zur Verfügung. Ein Überwachungsfahrzeug mit kompletter Elektronik schicke ich Ihnen morgen."

„Vielen Dank und gute Jagd!"

Mein Handy läutet.

„Hallo Max, was gibt es?"

„Ich stehe kurz vor Gauting auf dem Parkplatz vor dem Friedhof und komme keinen Meter mehr weiter,"

„Bitte, wie kommst Du nach Gauting?"

„Ich war auf dem Weg von der Technischen Universität zur Müllerstrasse, als mir ein weißer Sprinter komisch vorkam. Er fiel mir auf, weil er am Dach links und rechts große Scharniere hat. Die Halterabfrage ergab, dass dieser Lieferwagen seit Wochen als gestohlen gemeldet war."

„Bist Du ihm nachgefahren und warum?"

„Ich hatte ein komisches Gefühl im Bauch als ich mich an die Aufnahmen der Helmkamera des Feuerwehrmannes vom Flughafen erinnerte. Also bin ich dem Sprinter hinterhergefahren. Er fuhr auf die Lindauer Autobahn bis zur Ausfahrt Gräfelfing und dann in Richtung Krailling. Bei der Ortsdurchfahrt von Stockdorf muss er gemerkt haben, dass ich ihm folge. Plötzlich fing das Dach des Sprinters an, sich zu öffnen. Ich war wie gelähmt, als sich aus dem Dach eine Art Kanone erhob. Ein Blitz und mein Wagen blieb schlagartig stehen. Ich wette, dass die Elektronik beeinflusst oder gestört wurde.

Passanten halfen mir dann, meinen Wagen auf den Parkplatz vor dem Gautinger Friedhof zu schieben. Der weiße Sprinter war natürlich über alle Berge. Ich nehme an, dass es sich um das Fahrzeug handelt, das am Flughafen die Maschine der AIRCARGO zum Absturz brachte."

„Hast Du irgendeine Beobachtung gemacht, die uns helfen würde, diesen Wagen zu finden?"

„Nein, er sieht aus wie ein normaler Mercedes-Sprinter ohne jede Werbeaufschrift oder sonst ein besonderes Kennzeichen. Nur die großen Scharniere auf beiden Dachseiten sind auffällig."

„Soll ich Dir einen Wagen schicken?"

„Nein, Danke! Ich habe mit dem Handy eines Passanten alles Notwendige veranlasst."

Wieder sitzen wir in großer Runde in einem Besprechungszimmer des Polizeipräsidiums. Den Vorsitz hat mein Chef Kriminaldirektor Hamann. Neben ihm sind anwesend Herr Engel vom Inlandsgeheimdienst, Herr Direktor Schleicher von der Flughafenpolizei, sowie mein Kollege Max Pfleger und eine Reihe von Mitarbeitern der Mordkommission und Professor Klump.

Mein Chef eröffnet:

„Meine Damen, meine Herren!

Zuerst darf ich diejenigen Teilnehmer an unserer heutigen Besprechung begrüßen, die neu in dieser Runde sind. Die neben den Herren der Geheimdienste anwesende Dame ist Frau Li-Jun Schneider. Bitte stören Sie sich nicht an ihrem deutschen Nachnamen. Frau Schneider ist geborene Laneianerin und mit einem Deutschen verheiratet. Frau Schneider ist Mitarbeiterin von Herrn Engel und wird an uns ausgeliehen, um uns insbesondere mit ihren Sprachkenntnissen zu helfen. Der Herr zu meiner Rechten ist Herr Professor Klump von der Technischen Universität München; Leiter des Hochspannungsinstituts und für uns als Wissensträger eine unverzichtbare Informationsquelle.

Zu meiner Linken sitzt Herr Kriminalhauptkommissar Peter Wille. Er hat bisher unter dem Pseudonym Paul Horner als angeblicher Journalist verdeckt gearbeitet. Diese Deckung ist durch Laxheit von Mitarbeitern unseres Hauses zerstört worden, weshalb sie beendet wurde.

Ich übergebe jetzt das Wort an Herrn Wille und bitte ihn, den jetzigen Ermittlungsstand in Sachen Terrorakt am Flughafen München darzustellen."

„Lassen Sie mich mit dem Absturz der Frachtmaschine der Firma AIRCARGO beginnen.

Am Unfallort wurde ein Pärchen in Feuerwehrschutzanzügen gesehen, die in den Trümmern etwas suchten. Dasselbe Pärchen entführte vorher die für den Flug vorgesehenen Piloten. In der Zwischenzeit wissen wir von der Rechtsmedizin, dass es sich bei den ums Leben gekommenen Personen im Cockpit der Unglücksmaschine ebenfalls um Asiaten handelte. Nach dem Pärchen wird mit Hilfe von Aufnahmen aus einer Überwachungskamera intensiv gefahndet. Die gleichen Personen hatten im Übrigen das von ihnen benutzte nachgebaute Kommandofahrzeug der Feuerwehr angemietet.

Das ebenfalls am Unfallort gesehene Lieferfahrzeug ist zum zweiten Mal gesichtet worden, als es den Wagen meines Kollegen Max Pfleger außer Gefecht setzte; offensichtlich mit Hilfe elektromagnetischer Strahlung. Auch nach diesem Fahrzeug wird im Stadtgebiet von München und im näheren Umland gefahndet.

Ich komme zu der angewandten Technik:

Es verstärkt sich immer mehr der Verdacht, dass es jemandem gelungen ist, einen EMP so zu bündeln, dass er als Waffe zur Beeinflussung oder Zerstörung elektronischer Bauteile verwendet werden kann. Im Zentrum unserer Ermittlungen steht ein Doktorand des Hochspannungsinstitutes der Technischen Hochschule. Herr Professor Klump steht ihnen gerne bei etwaigen Fragen zur Verfügung.

Eine Frage, die wir noch nicht beantworten können, ist der Zusammenhang zwischen dem Mitarbeiter von Professor Klump und den Asiaten.

Oberst Reimann meldet sich zu Wort:

„Hier kann ich eventuell etwas Entscheidendes beitragen. Herr Hans Kohler, der Doktorand am Hochspannungsinstitut, war nach unserer Recherche in den letzten drei Jahren viermal in Kola, der Hauptstadt von Süd-Lamei. Er war dort jeweils für vierzehn Tage."

„Woher wissen Sie das?"

„Ich kann und will Ihnen hier unsere Quellen nicht offenlegen. Das würde sie sofort verbrennen.
Aber, nachdem ich diese Information erhalten hatte, habe ich mich sofort mit Kollegen in Kola in Verbindung gesetzt. Ich warte mit Spannung auf die Antwort der Kollegen."

„Danke, wir auch! Ich fahre fort:
Von den deutschen Geheimdiensten wurde der Weg der aufgefangenen E-Mails zurückverfolgt. Die eine Verbindung endet im Studentenwohnheim an der Müllerstrasse, in dem auch Hans Kohler wohnt.

Wir haben mit Hilfe der Geheimdienste dieses Studentenwohnheim unter eine vierundzwanzig-Stunden-Überwachung gestellt. Bisher gibt es keine neuen Erkenntnisse.

Neben den von mir angesprochenen Ermittlungsaktionen und Überwachungen möchte ich noch zwei weitere Aktionen anregen.

Ein Gefühl, das sicher meiner langjährigen Erfahrung als Kriminalbeamter zuzuschreiben ist, sagt mir, dass die zwei falschen Feuerwehrleute, die kurz nach dem Unfall die Trümmer der Maschine durchsuchten, nicht auf der Suche nach den Flugschreibern waren. Was sollte daran für Sie von Interesse sein? Dagegen frage ich mich, was kann an Bord gewesen sein, das jemand aus Asien so interessiert, dass er das Risiko einer eventuellen Entdeckung in Kauf nimmt?
Meine Bitte an Herrn Direktor Schleicher ist, die Frachtunterlagen für die abgestürzte Maschine untersuchen zu lassen. Ich hoffe, dort Hinweise zumindest auf den Absender und die Empfänger der an Bord befindlichen Sendungen zu finden und, wenn wir Glück haben, auch auf deren Inhalt.
Daneben bitte ich Herrn Professor Klump, die Suche nach einer Lokalität, in der eine Anlage zur Erzeugung eines EMP zusammengebaut worden sein kann, zu verstärken. Ich kann mir vorstellen, dass dies wegen der Verfügbarkeit von Hilfsmitteln direkt in seinem Haus erfolgte.

Noch eine Bitte: wer auch immer die Ergebnisse der DNA-Analyse der Asiaten in Händen hat, möge diese bitte an Herrn Oberst Reimann weitergeben. Sie sollten nach Kola geschickt werden, damit die dortigen Kollegen nach Übereinstimmungen mit etwa dort vorhandenen Werten suchen können."

Mein Chef:

„Vielen Dank Herr Wille! Ich glaube, jeder der Anwesenden weiß um den Ernst der Situation und wird alles tun, was Sie soeben angeregt haben."

Eine Stunde später sind wir im Gebäude des Hochspannungsinstitutes. Herr Professor Klump spricht:

„Meine Herren, ich darf Sie bitten, die hier bereitgelegten Schutzanzüge anzulegen. Bitte vergessen Sie nicht die Überzüge für die Schuhe. Sie werden später verstehen, warum wir diese Maßnahme ergreifen."

Herr Professor Klump hat uns kurzfristig zu einem Treffen in seinem Büro zusammengerufen. Uns – das sind die beiden Herren von den Geheimdiensten sowie mein Mitarbeiter Max und ich.
Neben Herrn Professor Klump sitzt in einem Rollstuhl ein älterer Herr, der aber recht rüstig aussieht.

„Darf ich vorstellen! Dies ist Herr Paul Scholl. Er war bis vor einigen Jahren Hausmeister hier an diesem Institut. Das Bemerkenswerte ist, dass er in dieser Funktion schon seit dem Bau des Gebäudes, in dem wir uns befinden, tätig war. Der Bau erfolgte in den Jahren Neunzehnhundertzweiundsechzig bis vierundsechzig.
Mit seiner Hilfe haben wir eine Entdeckung gemacht, welche Sie nicht für möglich halten werden. Herr Scholl hat von unserer Suche nach Räumlichkeiten gehört, in denen man eine Anlage zur Erzeugung eines EMP hätte montieren können. Seinen Kenntnissen aus der Bauzeit ist es zu verdanken, dass wir fündig geworden sind.
Bitte folgen Sie mir."

Wir verlassen das Büro, angeführt von dem Rollstuhlfahrer und gehen einen langen Gang entlang. Dabei passieren wir eine Reihe von Laboratorien, die alle wie verkleinerte Prüfkabinen aussehen. In den meisten der Kabinen sind junge Leute, männlich und weiblich, am Arbeiten.

„Die Prüfräume, an denen wir hier entlanggehen, dienen dazu, den Studierenden den Aufbau verschiedener Prüfanordnungen nahe zu bringen. Sie können dabei selbständig tätig werden."

Am Ende des Ganges erreichen wir eine große Metalltüre.

„Wir stehen hier vor einem Lastenaufzug, der über alle Stockwerke des Institutsgebäudes fährt,"

Professor Klump lässt uns den Aufzug betreten.

„Hier an der Steuerung des Lifts sehen Sie wie üblich die Bedienungsknöpfe für die einzelnen Stockwerke sowie einen Nothaltschalter und einen Notrufknopf. Unter diesen Bedienungseinheiten ist ein kleines Schloss angeordnet, dessen Funktion bis jetzt unbekannt war, Niemand hat sich darüber Gedanken gemacht, auch nicht darüber, dass niemand einen passenden Schlüssel hatte. Niemand außer Herrn Scholl.
Er hat mich aufgesucht und mir eine Geschichte erzählt, die völlig in Vergessenheit geraten war.

Zur Zeit des Baues dieses Gebäudes, in dem wir uns augenblicklich befinden, war auch die U-Bahn in München in der Planung.

Sie erinnern sich sicher daran, dass sie zur Olympiade Neunzehnhundertzweiundsiebzig fertiggestellt wurde. Teil der Planung war unter anderem eine Linie, die an der Technischen Universität enden sollte, hauptsächlich zum Transport der Lehrkörper und der Studierenden. Der Bahnhof hierfür sollte entlang der Teslastraße errichtet werden. Ein Teil davon unter diesem Gebäude. Und das ist geschehen auch wenn später die Pläne geändert wurden. Ich darf Ihnen das Resultat zeigen."

Herr Scholl steckt einen kleinen Schlüssel in das Schlüsselloch am Bedienfeld des Aufzuges. Dieser setzt sich abwärts in Bewegung, langsam, wie es bei Lastenaufzügen üblich ist. Wir passieren einige Stockwerke, dann gleitet der Lift einen längeren Zeitraum in die Tiefe, bis er vor einer Metalltüre zum Stehen kommt.

„Wir haben jetzt die Ebene des geplanten U-Bahn-Bahnhofs erreicht. Ich darf Sie bitten, nach dem Öffnen der Türe ganz rechts zu gehen. Wir dürfen die gefundenen Spuren nicht zerstören. Sie werden noch wichtig sein."

Professor Klump öffnet die beiden Flügel der Metalltüre. Vor uns liegt eine riesige Halle, deren Hintergrund im Dunklen liegt. Der Vordergrund ist von der Liftbeleuchtung erhellt. Am Fußboden sind deutliche Schleifspuren zu erkennen, die aus dem Fahrstuhl in die Halle hineinführen.

Ich melde mich:

„Halt! Bitte nicht weitergehen! Das ist ein Tatort und wir könnten wichtige Spuren zerstören. Ich schlage vor, dass wir in das Büro von Herrn Professor Klump zurück gehen und zwar über die Treppe, denn auch im Fahrstuhl können für uns wichtige Spuren vorhanden sein."

Wir sind wieder im Büro von Professor Klump. Ich melde mich:

„Ich habe unsere technische Abteilung alarmiert. Im Moment sind unsere Spurensucher auf dem Weg hierher. Es kommen aber auch uniformierte Kollegen, die sowohl den Lagerraum, aus dem die Ersatzteile entwendet wurden, als auch den Fahrstuhl und die Bahnhofshalle absperren. Es könnte ja sein, dass der Verdächtige noch einmal zurückkehrt."

Es klopft an die Türe.

„Herein!"

Frau Schneider betritt mit einer tiefen Verbeugung den Raum.

„Bitte entschuldigen Sie die Störung. Aber wir haben wichtige Nachrichten aus Lamei erhalten. Darf ich berichten?"

Oberst Reimann nickt mit dem Kopf.

„Wir hatten die DNA, die in dem Kommandowagen und an den verbrannten Überresten der Piloten gefunden wurden, sowie die Bilder aus der Überwachungskamera des Autoverleihs nach Kola an unsere Kollegen vom dortigen Geheimdienst geschickt. Sie haben die dazu passenden Personen in ihren Unterlagen gefunden. Alle vier sind oder waren Agenten des Geheimdienstes von Nord-Lamei.
Wir haben auch festgestellt, dass die sendende Internetadresse in Nord-Lamei im Gebäude des Auslandsspionageapparates zu finden ist."

„Diese Nachrichten bringen uns einen großen Schritt voran. Die Nordlameianer sind offensichtlich an der Entwicklung von Hans Kohler interessiert."

„Da tauchen sofort zwei Fragen auf:

„Wie haben erstens die Nordlameianer Hans Kohler dazu gebracht, ihnen die Entwicklung zu überlassen und zweitens, wer will den Deal verhindern?"

Frau Schneider meldet sich schüchtern zu Wort:

„Bei der ersten Frage kann ich Ihnen vielleicht helfen. Unsere Kollegen in Kola haben herausgefunden, dass Hans Kohler bei seinen Besuchen in Kola jeden Abend im Goldenen Drachen, einem Teehaus, verbracht hat."

„Was soll das bedeuten?"

„Nach noch unbestätigten Informationen sind die Eigentümer des Goldenen Drachen eine Familie, die dem Regime in Nord-Lamei zumindest nahesteht. Unsere Kollegen gehen entsprechenden Hinweisen nach."

Als ich vom Hochspannungsinstitut in meinem Büro im Polizeipräsidium zurück bin, erreicht mich ein Anruf.

„Hallo Mister Wille, mein Name ist James Thornton. Ich bin der Münchenchef von AIRCARGO."

Guten Morgen Herr Thornton. Natürlich weiß ich, wer Sie sind. Was kann ich für Sie tun?"

„An mich wurde die Bitte herangetragen, die Frachtpapiere unserer abgestürzten Maschine einzusehen. Bei der Gelegenheit habe ich sie selbst studiert. Die gesamte Fracht bestand aus neun unterschiedlich großen Kisten und wurde von dem Hochspannungsinstitut der Technischen Universität München abgesandt."

„Und wer sollte der Empfänger sein?"

„Die Technische Universität in Moskau! Aber, und das ist seltsam, auf einem der Frachtpapiere erscheint als Empfänger die Technische Hochschule in Madona in Nord-Lamei."

„Jetzt müssten wir nur noch wissen, was in den Kisten war. Aber ich habe schon eine Idee. Ihnen erst einmal vielen Dank für die Informationen, wir kommen langsam voran."

Ich lege den Hörer nicht aus der Hand, sondern wähle die Nummer von Oberst Reimann.

„Hallo, Herr Wille, einen schönen guten Morgen. Ich wollte Sie auch gerade anrufen. Es gibt eine Neuigkeit."

„Grüß Gott! Von mir auch! Soll ich beginnen?"

„Ja, ich bin gespannt!"

„Die Fracht der abgestürzten Maschine bestand aus neun Kisten, die nach Moskau gehen sollten, von Universität zu Universität. Aber auf einem der Frachtbriefe erscheint der Name der Technischen Hochschule in Madona."

„Na, da passt ja meine Information genau dazu. Raten Sie mal, wer die Piloten waren, die beim Absturz ums Leben kamen?"

„Keine Ahnung!"

„Meine Kontakte in Kola haben herausgefunden, dass die zwei Piloten Mitarbeiter des Geheimdienstes von Nord-Lamei waren und nebenbei an der Technischen Universität in Madona arbeiteten. Und das auch noch im Institut für Nukleartechnologien.

„Da befinden wir uns ja mitten in einem Geheimdienstkrimi!"

„Das können Sie wohl sagen! Und ich bin gespannt, wie und wann die Kollegen vom Geheimdienst von Süd-Lamei mit in das Spiel kommen."

„Wie meinen Sie das?"

„Können Sie sich vorstellen, dass die nicht wussten, was für eine Operation hier in München am Laufen ist. Darauf deutet doch auch die zweite Internetverbindung hin, der wir immer noch nachgehen. Nach der Beobachtung unserer IT-Spezialisten wurde sie in den letzten Tagen intensiv benutzt. Wir hoffen, die Empfängerseite hier in München bald aufdecken zu können. Eine andere Frage: ich bin über Ihre Entdeckungen im Hochspannungsinstitut informiert worden. Wann wollen Sie den Tatverdächtigen festnehmen lassen?"

„Sobald wir alle seine Kontaktpersonen im Institut und im Wohnheim kennen."

„Dann warten Sie nicht zu lange. Nicht dass er vorher abtaucht."

Wir sind wieder im Rohbau des geplanten U-Bahn-Bahnhofs unter dem Hochspannungsinstitut. Wir, das sind mein Kollege, die beiden Geheimdienstleute, Professor Klump und eine ganze Reihe von Mitarbeitern und Mitarbeiterinnen der Spurensuche. Diese haben eine Batterie von Scheinwerfern aufgestellt. So erhalten wir einen Eindruck von der Größe des Bauwerks. Die Leiterin der Abteilung Kriminaltechnik beginnt:

„Zum Beginn meiner Darstellung unserer Untersuchungsergebnisse möchte ich Sie alle noch einmal auf die Spuren in der Staubschicht am Boden hinweisen. Sie beginnen im Fahrstuhl und führen zu unterschiedlichen Stellen hier im Raum. Sie sind teils Schleifspuren, aber auch Fußspuren. Die Abdrücke der Schuhe stammen von Sportschuhen der Größen 45, 39 und 36, also von drei verschiedenen Personen. Um es vorweg zu nehmen, wir haben keine Fingerabdrücke und keine DNA-Spuren gefunden. Die Personen müssen also Schutzanzüge und Handschuhe getragen haben. Die Tatortspuren am Fußboden stammen unserer Meinung nach nicht von der Bewegung der gestohlenen Ersatzteile. Diese wurden mit dem Fahrstuhl aus dem zweiten Obergeschoß hierher gebracht. Die Teile haben bis auf die Transformatoren alle die gleiche Größe. Sie sind einen Meter lang in einem Kunststoffrohr mit Abschlüssen aus Aluminium.

Sie können von einer Person getragen werden. Die dazu gehörenden Transformatoren sind etwa einen Meter hoch, das Kunststoffrohr ihres Gehäuses hat einen Durchmesser von fünfzig Zentimetern. Ein Transformator wiegt etwa zweihundert Kilogramm. Das bedeutet, dass er nicht von einer Person getragen werden kann. Die Transformatoren haben deshalb in ihrem Fundament Rollen zur Bewegung. Deren Spuren können Sie hier am Boden leicht erkennen. Die Schleifspuren scheinen uns von Kisten zu stammen. Dort im Hintergrund können Sie die Reste von Holzlatten und Verpackungsmaterial sehen.

Neben dieser Verpackungsstelle sehen Sie zwei Fundamente, auf denen offensichtlich aus den gestohlenen Teilen zwei Versuchsanordnungen errichtet wurden.

Versuche wurden durchgeführt, denn genau gegenüber von den Fundamenten, etwa im Abstand von dreißig Metern sehen Sie einen Berg elektronischer Geräte, die alle mehr oder weniger zerstört sind."

Ich frage:

„Herr Professor Klump, warum sind die Transporte zum Fahrstuhl niemandem hier in Ihrem Hause aufgefallen und warum hat niemand außerhalb des Institutes etwas von den Versuchen bemerkt? Bei irgendjemand muss doch der Fernseher gewackelt haben, wenn hier im Keller Experimente mit einem EMP-Generator vorgenommen wurden?"

„Herr Wille, Ihre erste Frage kann ich nicht beantworten. Vielleicht haben die Täter die Transporte in der Nacht durchgeführt. Ich weiß es nicht!
Von den Experimenten konnte niemand etwas bemerken. Die Decke dieses Raumes, in dem wir uns befinden, ist aus statischen Gründen sehr stark mit Baustahl bewehrt. Das ergibt eine hervorragende Abschirmung nach oben. Für die Seitenwände und die Bodenplatte gilt das Gleiche, wobei noch hinzukommt, dass wir uns hier etliche Meter unter der Erdoberfläche befinden, was eine zusätzliche Abschirmung ergibt."

„Soweit so gut! Dann fehlt uns immer noch eine Erklärung dafür, wie es den Tätern gelungen ist, einen noch so schwachen EMP in eine genau definierte Richtung zu lenken."

„So dumm es klingt: ich habe dafür keine Erklärung."

Gesicht und Haltung von Professor Klump sehen so betrübt aus, dass jeder der Anwesenden ihn bedauern muss.

„Sie fühlen sich schon recht heimisch hier in meinem Büro!"

Oberst Reimann sitzt ganz gemütlich in meinem Stuhl. Seine Füße liegen dieses Mal nicht auf dem Schreibtisch, dafür liest er in meinen Unterlagen.

„Einer muss doch hier die Stellung halten. Doch Scherz beiseite! Ich bin gekommen, weil wir alle unsere Erkenntnisse zusammenlegen und die weitere Vorgehensweise entscheiden sollten. Darf ich beginnen?"

„Freilich!"

„Sie erinnern sich, dass der Verdächtige Hans Kohler seit Jahren in einem Studentenheim an der Müllerstrasse wohnt und wir die Internetverbindungen bis in dieses Haus verfolgen konnten.

Wir wissen jetzt, dass in einem Appartement auf dem gleichen Stockwerk die beiden Millers wohnten. Sie sind im Übrigen nach Auskunft unserer Kollegen in Kola kein Ehepaar sondern Geschwister. Sie arbeiten beide für den Geheimdienst Nord-Lameis. Auf der gleichen Etage wird ein Zimmer von einem anderen Pärchen bewohnt. Der Mann hält sich dort dauernd auf, die Frau erscheint nur gelegentlich und bleibt nie über Nacht. Die Identität dieser Personen ist uns noch nicht bekannt.

Wir wissen auch, dass der Verdächtige in den letzten Jahren mehrfach in Kola war und dort öfter das Restaurant „Schwarzer Drache" aufgesucht hat. Dieses Lokal wird von einer Familie betrieben, die gute Kontakte nach Nord-Lamei haben. Unsere Kollegen in Kola berichten, dass der Geheimdienst Nord-Lameis dieses Lokal als Kontaktpunkt zu seinen Agenten im Westen benutzt. Es kommt dort regelmäßig zu Treffen zwischen den Agenten und ihren Führungsoffizieren aus dem Norden. Es werden aber auch Mädchen auf Touristen angesetzt, die sich dorthin verirren. Wir glauben, dass so neue Mitarbeiter angeworben werden."

„Hat Ihre Überwachung noch etwas ergeben?"

„Ja und zwar etwas Entscheidendes! Seit dem Tag des Absturzes des Flugzeuges am Münchner Flughafen sind die Bewohner der Appartements neben dem des Verdächtigen nicht mehr aufgetaucht. Das stützt unsere Vermutung, dass sie an dem Attentat beteiligt waren."

„Haben Sie die Unterkunft der getöteten Piloten ermitteln können?"

„Nein, bisher nicht!"

„Okay, wenn ich alles einordne, so haben wir es mit einem Netzwerk aus nord- und süd-lameianischen Agenten zu tun, die auf der Jagd nach einer Entwicklung unseres Verdächtigen waren oder sind und dabei auch vor Mord nicht zurückschrecken. Wir müssen alles versuchen, Ihrer habhaft zu werden. Also, alle Kräfte mobilisieren!"

Oberst Reimann ist gegangen, da steckt mein Kollege Max den Kopf durch die Türe meines Büros:

„Darf ich Dich stören?"

„Freilich, komm rein, was gibt es?"

„Ich habe Dir ein Geschenk mitgebracht. Herr Kohler sitzt im Himmel."

Wir haben zwei Verhörräume. Der eine wird Himmel genannt, weil er recht komfortabel eingerichtet ist. Der andere ist die Hölle mit harten Holzstühlen und dunkel gestrichenen Wänden.

„Holla, warum habt ihr ihn hochgenommen?"

„Die Kollegen von der Überwachung haben mich davon informiert, dass sie gesehen haben, dass er einen Koffer in ein Auto in der Tiefgarage eingeladen hat. Es sah deutlich nach Flucht aus. Ich gab die Anweisung, ihn möglichst geräuschlos festzunehmen. Als er einen weiteren Koffer in den Wagen laden wollte, wurde er von den Kollegen angesprochen. Er ließ sich ohne Widerstand abführen. Als wir dann sein Appartement betraten, sahen wir alle Anzeichen einer überstürzten Abreise. Ich habe veranlasst, dass die Kollegen von der Spurensicherung die Wohnung bis in das kleinste Detail untersuchen."

„Hast Du oder die Kollegen ihm einen Grund für die Verhaftung genannt?"

Nein, das wollte ich erst mit Dir besprechen. Ich meine, wir sollten noch nicht offenbaren, wie viel wir wissen."

„Dann lass uns mal gehen und den Vogel besichtigen."

Auch unser Vernehmungsraum hat wie alle solche
Räume auf einer Seite einen großen Spiegel als Wand,
der von der Außenseite durchsichtig ist.
Max und ich stehen davor und tun zwei Dinge. Wir
lesen kurz das Dossier von Hans Kohler und beobachten
ihn gleichzeitig durch die Scheibe.

Hans Kohler, zweiunddreißig Jahre alt, geboren in
Rosenheim als Sohn des Schreinermeisters Robert
Kohler und seiner Frau Maria, Volksschule und
Gymnasium in Rosenheim, Abitur mit Durchschnitt Eins
Komma Eins, Studium der Elektrotechnik an der
Technischen Universität München, Diplom Summa cum
Laude, derzeit Promotion mit dem Thema
Elektromagnetische Verträglichkeit elektronischer
Geräte. Durch die Glasscheibe sehe ich einen recht
sympathisch wirkenden jungen Mann. Er sitzt ruhig und
konzentriert nachdenkend am Tisch.

Max öffnet die Türe zum Verhörraum, lässt aber mir
den Vortritt.

„Grüß Gott, Herr Kohler! Mein Name ist Peter Wille. Ich
bin Hauptkommissar und Abteilungsleiter hier im
Polizeipräsidium. Meinen Kollegen Max Pfleger haben
Sie ja schon kennengelernt, er ist ebenfalls
Hauptkommissar„

Der Verdächtige nickt bestätigend mit dem Kopf, wobei er keinerlei Nervosität erkennen lässt.

„Können Sie sich den Grund dafür vorstellen, warum Sie festgenommen und hierher gebracht wurden?"

Mit nicht allzu lauter Stimme, aber deutlich und in sympathischer Stimmlage antwortet Kohler:

„Ja, das kann ich! Seit ich in der Zeitung von dem Terroranschlag und den mysteriösen Begleitumständen am Flughafen gelesen habe, erwartete ich den Besuch der Polizei."

„Soll ich das als Geständnis verbuchen?"

„Das bleibt Ihnen überlassen. Ich hoffe nur, dass Sie mir aus meinen persönlichen Schwierigkeiten heraushelfen."

„Wie soll ich das verstehen?"

„Ich hoffe, Sie haben viel Zeit, denn das ist eine lange Geschichte."

„Sind Sie damit einverstanden, dass wir Ihre Geschichte aufzeichnen?"

„Ja!"

Mein Kollege Max schaltet das Aufnahmegerät am Tisch ein und richtet das Mikrofon auf Hans Kohler.

„Nach meiner Diplomprüfung und dem guten Resultat fragte mich Herr Professor Klump, ob ich bei ihm an seinem Institut promovieren möchte. Eigentlich hatte ich vor, nach Beendigung meines Studiums in die Wirtschaft zu gehen. Professor Klump bemerkte mein Zögern und bot mir eine Assistentenstelle an. Ich fragte ihn, was er sich als Thema für die Doktorarbeit vorstelle. Er antwortete: ein Thema aus dem Bereich der elektromagnetischen Verträglichkeit. Das gab dann den Ausschlag, denn dieser Bereich interessierte mich sehr. Ich richtete mich dann in einem der Laboratorien ein und begann aus den Teilen des sogenannten Hochspannungsbaukasten eine Struktur zur Erzeugung elektromagnetischer Störungen aufzubauen. Dieser Baukasten wurde vor Jahren von einer Firma in Bamberg entwickelt und besteht aus gleichen Bauteilen, die Kondensatoren, Widerstände und andere Bauteile enthalten. Jedes Bauteil hat die gleiche Länge und den gleichen Durchmesser. Am Ende haben diese Teile Aluminiumabschlüsse, die so gestaltet sind, dass sie über einfache Aluminiumsteckteile verbunden werden können. Ihr Gewicht ist so, dass sie von einer Person bewegt werden können.

Zu dem Baukasten gehört dann noch ein Transformator, der eine Ausgangsspannung von einhundert Kilovolt erzeugen kann. Da dieser schwerer ist, hat er Rollen, auf denen er bewegt werden kann."

„Wir haben diese Kleinanlagen in den Laboratorien gesehen und nahmen an, dass sie zur Schulung von Studierenden gedacht sind."

„Das ist richtig. Daneben kann man sie aber auch für weiterführende Studien oder Entwicklungen verwenden."

„Wie ging es weiter?"

„Ich habe mit Hilfe dieses Baukastens eine kleine Stoßanlage aufgebaut. Sie war so gestaltet, dass am Ende eine Kugelfunkenstrecke stand, mit der ich kleine Blitze erzeugen konnte. Mein Ziel war, zu ermitteln, welchen Einfluss die von den Blitzen ausgehenden elektromagnetischen Felder auf elektronische Geräte haben, die ich in die Nähe bringe."

„Das klingt stark nach der Erzeugung eines kleinen EMP."

„Richtig!"

„Haben Sie Erfolg gehabt?"

„Ja, aber anders als ich ursprünglich dachte. Das Problem bei der Erzeugung eines EMP ist seine kugelförmige Ausdehnung."

„Das ist uns bekannt. Was hat das mit Ihren Versuchen zu tun?"

„Mir kam der Zufall zu Hilfe! Als ich ein bestimmtes elektronisches Gerät testen wollte, hatte ich plötzlich einen Einfluss auf meine elektronische Versuchssteuerung. Die Ausdehnungsgeometrie des EMP war plötzlich nicht mehr kugelförmig, sondern wies in Richtung des getesteten Gerätes und darüber hinaus einen schmalen Bauch auf. Ich veränderte den Versuchsaufbau, verschob das getestete Gerät und wieder hatte ich das gleiche Ergebnis. Durch eine Modifikation dieses Gerätes konnte ich die Wirkung der Linearisierung verstärken."

„Also schlug bei Ihnen im wahrsten Sinne der Blitz ein."

„Ja, aber Sie sollten sich nicht vorstellen, dass dies eine Frage von wenigen Stunden war. Ich saß monatelang im Labor und machte eine Versuchsreihe nach der anderen.

Was meine Lage kompliziert machte, war, dass Professor Klump immer wieder nach Ergebnissen meiner Versuche fragte. Ich konnte und wollte ihn aber nicht informieren, denn mir war die Tragweite meiner Entdeckung durchaus bewusst."

„Was bedeutet das?"

„Wenn meine Ergebnisse in falsche Hände kämen, wäre plötzlich eine neue gefährliche Waffe in der Welt. Sie müssen sich vorstellen, wenn es gelingt, einen EMP so zu gestalten, dass man damit gezielt alle elektronischen Geräte außer Kraft setzen kann, dann kann man mit einem Schlag ganze Armeen entwaffnen oder blind machen. Kein Panzer würde fahren, keine Rakete fliegen. Eine unheimliche Vorstellung!"

„Aber das ist doch offensichtlich geschehen!"

„Leider und das ist der schreckliche Teil meiner Geschichte."

Hinter uns öffnet sich die Türe zum Himmel. Mein Chef

„Herr Wille, ich muss Sie kurz sprechen."

„Max, ich unterbreche unser Gespräch. Bitte lass Herrn Kohler in seine Zelle zurückbringen und sorge dafür, dass er etwas Ordentliches zu essen bekommt. Wir machen später weiter."

Mein Chef sieht mehr als besorgt aus.

„Herr Wille, der weiße Sprinter ist wieder aufgetaucht und hat mehrere Streifenwagen lahmgelegt."

„Wie ist das passiert?"

„Mich hat die Autobahnpolizei angerufen. Mehrere Streifenwagen waren auf der Fahrt auf der A Neun in Richtung Garmisch-Partenkirchen. Sie wollten am Ende bei Eschenlohe eine Geschwindigkeitsmessung durchführen. Kurz vor Seeshaupt wurden sie von dem weißen Mercedes-Sprinter überholt. Die Kollegen in den Wagen waren über die Suche nach dem gestohlenen Fahrzeug informiert Sie nahmen die Verfolgung auf, aber die Besatzung des Lieferwagens bemerkte sie. Plötzlich verlangsamten sie das Tempo, öffneten das Dach und nach kurzer Zeit blitzte es aus dem ausgefahrenen Rohr und die Streifenwagen kamen zum Stehen. Der Sprinter setzte dann ohne Behinderung seinen Weg fort."

„Was taten die Kollegen der Autobahnpolizei?"

„Sie haben die nachfolgenden Fahrzeuge gestoppt und deren Handy´s erbeten. Damit haben sie die Zentrale angerufen und deren Mitarbeiter haben die Hubschrauberstaffel alarmiert. Aber bis die Helikopter am Ort des Ereignisses eintrafen, war der Lieferwagen natürlich längst verschwunden."

„Lassen Sie bitte die Gegend um Seeshaupt weiträumig absuchen. Ich habe so ein Gefühl, als ob die Besatzung des Sprinters nicht ohne Grund in dieser Gegend auftauchten."

„Gut, ich werde das veranlassen. Wie geht es mit der Vernehmung des Verdächtigen?"

„Bis jetzt ist er sehr kooperativ, aber es wird einige Zeit dauern, bis er sein bisheriges Leben erzählt hat."

„Machen Sie weiter! Ich warte mit großer Ungeduld auf Ihre Ergebnisse."

Wieder sitzt Herr Kohler Max und mir im Himmel gegenüber. Sein Auftreten ist unverändert ruhig und konzentriert.

„Ich hoffe, Sie wurden ordentlich versorgt?"

„Danke für die Nachfrage, es war fast so gut wie in der Mensa der Universität."

„Nachdem Sie jetzt gestärkt sind, könnten Sie eigentlich erzählen, wie es Ihnen weiter erging."

„Das Interesse von Professor Klump wurde mir immer lästiger und ich ging auf die Suche nach Räumlichkeiten, die ihm unbekannt waren und in denen ich ungestört weiter experimentieren konnte. Meine Gewohnheit war von meiner Wohnung mit dem Fahrrad zum Institut zu fahren. Dabei stellte ich das Rad regelmäßig im Hof ab und betrat das Gebäude durch den Lastenaufzug, der dort eine Tür hat, die ich mit dem Zugangsschlüssel öffnen konnte, den ich bei meiner Einstellung als Assistent erhalten hatte. Im Fahrstuhl hatte ich das Schloss am unteren Ende des Bedienpanels entdeckt und mich gefragt, welchem Zweck es wohl dienen sollte. Auch hatte ich das vage Gefühl, dass der Fahrstuhl von der Hofebene aus noch weiter nach unten fahren könnte. Wer war im Besitz des Schlüssels zu diesem Schloss? In Zeiten, da niemand im Institut war, also spätabends oder am Wochenende durchsuchte ich die Schlüsselsammlung unseres Hausmeisters. Nichts! Aber ich wurde fündig und zwar im Schreibtisch von Professor Klump."

„Halt! Bitte entschuldigen Sie meinen Kollegen und mich für einen kleinen Moment."

Wir verlassen den Verhörraum.

„Max, kannst Du das glauben? Professor Klump hat doch behauptet, er hätte nichts von dem unbenutzten Bahnhof gewusst und erst vom ehemaligen Hausmeister davon erfahren."

„Kohler hat bisher ohne jedes Zögern berichtet, ich glaube ihm."

„Das verändert die bisherige Situation grundsätzlich! Wenn Professor Klump an der Sache beteiligt ist, müssen wir ihn zumindest sofort unter Beobachtung stellen. Und – wir müssen die Herren von den Geheimdiensten über diese neue Entwicklung informieren."

„Das kannst Du mir überlassen. Du solltest mit der Vernehmung weitermachen."

Ich bin zurück im Verhörraum.

„Bitte entschuldigen Sie die Unterbrechung. Ich musste Einiges in die Wege leiten."

„Ich kann mir denken, was das ist. Aber ich bin noch lange nicht am Ende angelangt."

„Okay, dann erzählen Sie weiter."

„Ich benutzte den Schlüssel und war überrascht, als sich der Fahrstuhl nach unten in Bewegung setzte. Noch mehr staunte ich dann, als sich die Türe zu dem riesigen unterirdischen Raum öffnete. Das war viel mehr, als ich mir als Experimentierfeld erträumt hatte. Sofort begann ich die Teile meiner Versuchsanordnungen in den Keller zu transportieren. Dabei half mir Fan-Ju."

„Wer ist denn das und welche Rolle spielt sie?"

„Eine sehr wichtige! Fan-Ju war eine der Studentinnen und Studenten, die ich als Assistent zu betreuen hatte. Ich traf sie vor etwa vier Jahren in einem Café an der Teslastrasse, kam in ein Gespräch mit ihr und verliebte mich sofort. Als wir dann feststellten, dass sie im gleichen Studentenwohnheim wie ich wohnte und das auch noch auf der gleichen Etage, wurden unsere Treffen immer häufiger und endeten schließlich im Bett. Sie wurde mir eine hilfreiche Partnerin, auch bei meinen Experimenten.

Etwa vor drei Jahren lud sie mich dann nach Kola ein, um mich ihrer Familie vorzustellen. Diese hatte in Kola ein Restaurant, den Goldenen Drachen. Dort lernte ich viele interessante Freunde von Fan-Ju kennen, auch ihren Bruder. Dieser kam dann vor etwa zwei Jahren auch nach München."

„Wussten Sie, dass der Goldene Drache nicht nur ein Restaurant ist. Sondern im Verhältnis Nord- zu Süd-Lamei eine besondere Rolle hat?"

„Dies wurde mir erst im Verlaufe des letzten Jahres klar."

„Nach den Feststellungen unserer Spurensicherung hatten Sie aber nicht nur eine Person als Helfer an Ihrer Seite."

„Das ist richtig. An unserem Institut studierte noch eine Lameianerin – Frau Li-Jun Schneider."

„Bitte – noch einmal!"

„Frau Li-Jun Schneider! Sie ist mit einem Deutschen verheiratet."

„Entschuldigen Sie bitte, aber ich muss unser Gespräch noch einmal unterbrechen."

Mein Telefon läutet!

„Herr Wille, vielen Dank für Ihre Informationen über Frau Li-Jun Schneider. Wir haben sofort unsere Kollegen in Kola kontaktiert und wurden mit vielen Entschuldigungen darüber informiert, dass sie Mitarbeiterin des Südlameianischen Auslandsgeheimdienstes ist. Wir haben unsere Enttäuschung über die Nichtinformation zum Ausdruck gebracht. Offensichtlich wussten unsere Kollegen schon länger davon, dass hier in München eine Operation der Nordlameianer lief und haben deshalb Frau Lin-Ju Schneider bei uns und im Hochspannungsinstitut eingeschleust."

„Der Vorgang klärt sich ganz langsam auf. Haben Sie das Tonband mit den bisherigen Aussagen von Herrn Kohler abgehört?"

„Ja und ich bin über die Entwicklung sehr überrascht."

„Würden Sie zum gegenwärtigen Zeitpunkt Professor Klump in Gewahrsam nehmen?"

„Nein, wir müssen noch mehr über seine Rolle erfahren. Wir observieren ihn auch. Das ist kein Misstrauen gegen Ihre Leute, sondern eine reine Vorsichtsmaßnahme. Er darf uns nicht entwischen."

„Dann werde ich jetzt die Vernehmung des Verdächtigen fortsetzen. Sie können ja hinter dem Spiegel mithören."

Herr Kohler, bitte entschuldigen Sie die nochmalige Unterbrechung. Welche Rolle spielte Frau Lin-Ju bei Ihren Versuchen?"

„Sie half mir wie Fan-Ju bei den Vorbereitungen und der Durchführung der Experimente sowie der Dokumentation. Aber da war noch etwas! Eines Abends, Fan-Ju und ich waren im Bett, da stand plötzlich Frau Lin-Ju im Zimmer und anstatt sich zu entschuldigen, zog sie sich aus und kam zu uns ins Bett. Damals lernte ich das erste Mal kennen, wie es ist, mit zwei Frauen zur gleichen Zeit Sex zu haben. Von da an waren wir drei unzertrennlich."

„Nun, damit haben Sie sich in eine ganz schöne Abhängigkeit gebracht."

„Das war mir zu diesem Zeitpunkt völlig egal. Ich genoss einfach unser Zusammensein. Das sollte sich rächen!"

„Inwiefern?"

„Auch das ist nicht so einfach zu erklären. Ich will es versuchen, Unsere Versuche wurden immer effizienter; der Energiepegel der erzeugten Mini-EMP wurde immer höher; bald konnten wir elektronische Geräte aus einer Entfernung von sechzig Metern entweder zerstören oder so beeinflussen, dass sie unbrauchbar wurden. Eines Abends begannen die Frauen darüber zu diskutieren, welche Waffe sich da anbot. Mit dem Einsatz des Mini-EMP konnte man Soldaten von jeder Kommunikation trennen, Panzer zum Stehen bringen, Raketen steuerlos machen und so weiter. Nach einiger Zeit begriff ich, dass eine der Frauen Partei für Südlamei und die andere für Nordlamei ergriff. Die Diskussion wurde immer heftiger, bis ich mit der Bemerkung, warum nicht beide Seiten mit der Waffe zu versorgen, in den Streit eingriff.“

Da erklang aus der Richtung des Fahrstuhls die Stimme von Professor Klump:

„Richtig! Und ordentlich viel Geld dafür verlangen!“

Wir erstarrten und die Diskussion brach ab.

Klump weiter:

„Seit Monaten wundere ich mich, warum ich von Ihnen, Kohler, keine Berichte über Ihre Versuche erhalte. Sie selbst schienen verschwunden zu sein.

Deshalb machte ich mich auf die Suche nach Ihnen. Und was finde ich: eine Gruppe, die sich anschickt, einen der größten Konfliktherde der Welt auszulöschen oder weiter anzuheizen."

„Warum hatte ich Idiot mir einen Nachschlüssel für den Fahrstuhl anfertigen lassen und den Originalschlüssel wieder zurück in den Schreibtisch des Professors gelegt. Nur mit seiner Hilfe hat er uns im Keller finden können."

Ich spüre, dass wir uns einem entscheidenden Punkt in der Vernehmung nähern. Deshalb bestelle ich über das Telefon einige Getränke.

„Wie, Herr Kohler, ist es dann weitergegangen?"

„Professor Klump hat uns schlichtweg erpresst. Er forderte, dass meine beiden Freundinnen sofort Gespräche mit den Regierungen in den beiden Lameis aufnehmen sollten. Die Gespräche sollten im Geheimen und unabhängig voneinander geführt werden. Das Ziel sollte der Verkauf der von mir entwickelten Technologie an beide verfeindeten Staaten sein. Mir drohte er mit Exmatrikulation und Aberkennung aller erworbenen Titel, dem Hinauswurf aus seinem Institut und der Veröffentlichung meines Verhältnisses zu den beiden lameianischen Frauen. Was er diesen androhte, können Sie sich vorstellen.

Der von ihm angepeilte Kaufpreis für die neue Waffentechnik sollte mindestens zehn Millionen US-Dollars von jeder der Regierungen sein, zahlbar vor Versendung der jeweiligen Musteranlagen auf ein von ihm zu benennendes Konto. Er setzte uns eine Frist von vier Wochen, innerhalb derer wir ihm Erfolge melden sollten. Danach ließ er uns im Keller stehen."

„Wie haben Sie und die Frauen auf diese Erpressung reagiert?"

„Sehr unterschiedlich! Die beiden Damen waren sich sehr schnell einig, dass der Verkauf der Technologie das Patt zwischen den beiden Staaten waffentechnisch gesehen, nur verstärken könnte. Immer, wenn zwei Staaten über die gleichen Waffensysteme verfügen, entsteht dieses Patt – siehe die Atombewaffnung. Ich aber war und bin der Meinung, dass es zu einer Eskalation zwischen den Staaten kommen könnte, wenn es der einen Seite, welcher auch immer, gelingt, meine Technologie extrem weiter zu entwickeln. Dies gilt meiner Meinung nach insbesondere für die Stärke des erzeugten EMP und der damit verbundenen Reichweitenvergrößerung."

„Zu welcher Entscheidung sind Sie dann gekommen?"

„Die Damen sollten die verlangten Gespräche mit den Regierungen von Süd- und Nord-Lamei führen."

„Also der Erpressung des Professors nachgeben."

„Ja, so sollte es aussehen. Aber ohne dass die Damen davon wussten, hatte ich schon seit längerem damit begonnen, Schaltkreise der Steuerung unserer Anlagen zu verändern. Diese Modifikationen habe ich nicht dokumentiert. Sie waren nur in meinem Kopf und ohne sie waren die Anlagen sehr leistungsschwach, etwa wie zu Beginn meiner Experimente. Ich war entschlossen, dies für mich zu behalten, als letztes Faustpfand."

Inzwischen war es Abend geworden und ich brach das Gespräch an dieser Stelle ab. Ich ließ Herrn Kohler in seine Zelle zurückbringen und setzte mich in meinem Büro mit Oberst Reimann zu einem kleinen Imbiss zusammen.

„Herr Wille, bevor wir mit der Analyse der derzeitigen Situation beginnen, habe ich noch eine Information für Sie. Wir haben es auf der lameianischen Seite nur noch mit den beiden Mitarbeiterinnen der Geheimdienste zu tun. Sowohl der Bruder von Frau Fan-Ju wie auch der Partner von Frau Li-Jun sind in der Zwischenzeit aus der Bundesrepublik ausgereist. Die Überwachung der Flughäfen hat bestätigt, dass beide Herren einen Flug nach Moskau angetreten haben.

Sie haben sich an der Zugangskontrolle mit Diplomatenpässen ausgewiesen und konnten deshalb nicht aufgehalten werden. Ich gehe im Moment davon aus, dass der von Ihren Leuten gesichtete Lieferwagen von den beiden Damen gefahren wird. Sie sind seit zwei Tagen nicht mehr im Studentenwohnheim gesehen worden."

„Das bedeutet doch, dass sich Nord- und Süd-Lamei, vertreten durch die beiden Mitarbeiterinnen des jeweiligen Geheimdienstes zu einer gemeinsamen Operation zusammengetan haben. Und die, obwohl offensichtlich das Transportflugzeug, das eine Anlage nach Moskau bringen sollte, von der südlameianischen Seite abgeschossen wurde."

„Das ist richtig! Daneben haben wir noch den korrupten Professor, der durch die Weitergabe des Know-How an beide Seiten des Lamei-Konfliktes das große Geld verdienen möchte."

„Vergessen Sie dabei bitte nicht den etwas naiven Doktoranten, der eigentlich den Deal verhindern möchte."

„Seine moralischen Bedenken in allen Ehren! Ich bin sehr interessiert, wie er sich das vorgestellt hat, die Übergabe zu verhindern oder nutzlose Anlagen zu übergeben."

„Der morgige Tag und die Fortsetzung des Gespräches mit Herrn Kohler wird wohl Entscheidendes bringen."

„Guten Morgen Herr Kohler. Heute habe ich noch zwei weitere Herren mitgebracht. Es sind Herr Robert Engel vom Inlandsgeheimdienst und Herr Oberst Reimann vom militärischen Geheimdienst. Beide Herren sind über den bisherigen Verlauf unserer Gespräche informiert, haben aber ganz spezielle Fragen an Sie."

„Das stört mich überhaupt nicht. Ich hoffe sehr, dass die Herren mithelfen können, mich aus der Situation herauszuholen, in die ich mich selbst gebracht habe."

„Ich glaube, dass es das Beste ist, wenn Sie Ihren Bericht an der Stelle fortsetzen, an der wir gestern aufgehört haben."

„Wenn ich mich richtig erinnere, habe ich von der Erpressung durch Professor Klump berichtet.

Wenige Tage nach dieser Szene im Keller des Institutes flogen beide Frauen nach Lamei, die eine direkt nach Kola, die andere über Moskau nach Madona. Mehrere Tage kam keine Nachricht, weder von Li-Jun noch von Fan-Ju. Dann meldeten sie sich und berichteten, dass sie beide bei ihren Regierungen auf große Skepsis, ja Unglauben gestoßen waren. Zu ihren jeweiligen Gesprächen wurden Spezialisten zugezogen, die alle davon überzeugt waren, dass eine Linearisierung eines EMP schlichtweg unmöglich wäre. Sie verlangten Beweise für unsere Behauptung, mir wäre diese Ausrichtung des elektromagnetischen Feldes gelungen."

Herrn Engel fragt:

„Wie ist es Ihnen gelungen, die Gesprächspartner von Ihren Fähigkeiten zu überzeugen?"

„Das war nicht weiter schwierig! Als die Damen wieder zurück in München waren, besorgten wir uns eine Videokamera und filmten einige unserer Experimente. Sie haben doch sicher den Berg an beschädigten elektronischen Geräten im Rohbau des Bahnhofs gesehen. Die meisten davon haben wir bei den Versuchen für die Filmaufnahmen zerstört."

„Gibt es Kopien von diesen Filmaufnahmen?"

„Ja, ich habe sie in einem Schließfach am Hauptbahnhof deponiert."

„Wer hat den Schlüssel?"

„Ich!"

„Wo?"

„Hier!"

Herr Kohler zieht aus seiner Hosentasche einen der typischen zweibärtigen Schließfachschlüssel heraus

„Max, ist Herr Kohler bei seiner Einlieferung in das Polizeipräsidium nicht untersucht worden?"

„Natürlich, die Mitarbeiter müssen dabei den Schlüssel übersehen haben."

Ich verbeiße mir eine tadelnde Bemerkung und wende mich wieder an den Verdächtigen.

„Können wir zum Hauptbahnhof fahren und den oder die Filme holen?"

„Gerne, aber ohne mich! Ich gehe nicht in die Nähe des Schließfaches."

„Warum denn das?"

„Ich habe keine Lust, mich töten zu lasse. Ich traue den Lameianern, ob Süd- oder Nord-Lamei, zu, dass sie mich seit längerem überwachen und sofort beseitigen, wenn sie die Filme haben. Die beweisen doch ihre Absichten."

Mein Kollege Max:

„Gut, dann gehe ich die Filme holen."

„Aber nicht alleine! Wir sichern den Hauptbahnhof so, als ob wir eine Bombendrohung erhalten hätten."

„Das wird aber einige Zeit dauern."

„Dann unterbrechen wir die Vernehmung an dieser Stelle und treffen uns wieder, um gemeinsam die Filme anzusehen."

Jetzt sitzen wir doch in der Hölle, dem absichtlich sehr unbequemen Verhörraum. Aber nur dort haben wir eine Vorführeinrichtung zum Abspielen von Videokassetten.

Mein Kollege Max lässt die ersten beiden Kassetten durchlaufen. Herr Kohler erklärt die Aufnahmen, die wir zu sehen bekommen. Sie dokumentieren die Wirkungsweise der beiden im Rohbau des U-Bahnhofes installierten Versuchsaufbauten.

„In welchem Zeitraum sind diese Aufnahmen entstanden?" fragt Oberst Reimann.

„Wir haben mit der Vorbereitung und den Aufnahmen etwa drei Monate gebraucht."

„Hat sich in dieser Zeit Professor Klump bei Ihnen sehen lassen?"

„Ja, er ist immer wieder bei uns aufgetaucht, hat unsere Tätigkeiten kommentiert und versucht, mit den beiden Damen zu flirten."

„Das ist doch völlig normal, beide Damen sind ja nicht gerade unattraktiv."

„Warten Sie ab, bis Sie die dritte Kassette gesehen haben."

Das Paket im Schließfach beinhaltet drei Videokassetten. Zwei davon sind mit lateinischen Buchstaben beschriftet, die dritte mit asiatischen.

Max legt diese dritte Kassette in den Rekorder ein und startet. Auf dem Bildschirm erscheint Professor Klump mit einer Reihe von Asiatinnen bei extremen Sexspielen. Als dann auch noch Jungs hinzukommen, breche ich die Vorführung ab.

„Diese Szenen lassen den Schluss zu, dass Professor Klump auch in Lamei war."

„Das ist richtig! Wir sind mit den Verhandlungen nicht so richtig vorangekommen. Da hat Professor Klump beschlossen, sich selbst einzuschalten. Er ist mit den Damen nach Kola geflogen. Der dortige Geheimdienst hat ihn in den Goldenen Drachen gelockt und im Geheimen die Filmaufnahmen gemacht, die wir gerade gesehen haben."

„Wurden diese Aufnahmen gegen den Professor verwendet?"

„Nein, bis jetzt nicht! Der Geheimdienst hat sie mir zur Verfügung gestellt, ich sollte so eine Waffe gegen den Professor in die Hände bekommen."

„Die anderen Aufnahmen haben Sie den Verhandlungspartnern übergeben."

„Ja und dass brachte den Durchbruch in den Gesprächen. Beide Regierungen zeigten sich bereit, jeweils eine Anlage zu kaufen. Das Abkommen mit Nord-Lamei beinhaltete die Forderung, die Anlage auf dem Luftweg über Moskau nach Madona zu schicken und zwar von Universität zu Universität. Dafür würden sie fünf Millionen Dollar auf das von Professor Klump benannte Offshore-konto überweisen. Die Vertreter Süd-Lameis verlangten den Einbau der zweiten Anlage in ein Fahrzeug, das sie in München bereitstellen würden. Es sollte dann auf dem Landweg nach Kola gebracht werden. Der finanzielle Teil der Vereinbarung war identisch zu der mit Nord-Lamei. Der zweite Teil der Zahlung sollte nach Eingang der Luftfracht beziehungsweise des Fahrzeuges erfolgen."

„Ich nehme an, dass es über diese Vereinbarungen nichts Schriftliches gibt."

„Auch das ist richtig!"

„Ich schlage vor, dass wir jetzt eine Pause einlegen."

Wir verlassen den Verhörraum Hölle und gehen in mein Büro. Herr Engel ergreift das Wort:

„Bis jetzt läuft das ab, wie in einem gewöhnlichen Agentenfilm. Ich bin sehr gespannt, ob sich aus der Situation mit den beiden verfeindeten Staaten noch etwas Überraschendes ergibt."

Oberst Reimann:

„Nun, da brauchen wir doch nicht zu warten. Dass der eine Staat die vermeintliche Wunderwaffe des anderen Staates bereits vernichtet hat, ist doch Tatsache. Interessanter ist, ob dieser das so einfach durchgehen lässt."

Dazu habe ich meine eigene Meinung, die ich aber den Herren vom Geheimdienst noch nicht offenlegen will.

„Wir sollten uns jetzt in die Kantine begeben und stärken, ich lasse den Verdächtigen in den komfortableren Verhörraum bringen. Dort können wir dann die Befragung fortsetzen."

Am nächsten Tag setze ich die Vernehmung fort:

„Herr Kohler, würden Sie bitte Ihre Schilderung weiterführen? Wie ging es weiter?"

„Zurück in München begannen wir die Anlagen zum Versand vorzubereiten. Bei der Anlage für Nord-Lamei modifizierte ich die Betriebselektronik nochmals und zwar so, dass der Output recht niedrig war, etwa auf dreißig Meter Distanz zwischen EMP-Generator und Ziel reduziert. In den Begleitdokumenten war das nicht enthalten. Diese wurden in eine feuerfeste Kassette verpackt. Professor Klump ließ gleichzeitig ausreichend Verpackungsmaterial in den Hof anliefern, von wo wir es bei Nacht in den Keller holen konnten. Als der Professor uns mitteilte, dass die vereinbarte Summe auf seinem Konto eingegangen sei, starteten wir das Verpacken."

„Ah, jetzt wissen wir, was die beiden vermeintlichen Feuerwehrmänner am Absturzort gesucht haben. Herr Engel, bitte organisieren Sie eine intensive Suche am Unfallort. Es wäre schön, wenn wir diese Kassette mit der Bauanleitung doch noch finden würden."

„Das wird sofort angewiesen! Bitte entschuldigen Sie mich für einen Augenblick."

„Herr Kohler, bitte erzählen Sie weiter."

„Kurze Zeit später zeigte uns der Professor einen weißen Lieferwagen, der bei uns im Hof des Institutes abgestellt war. In diesen sollte ich die zweite Anlage einbauen. Die Besonderheit war, dass das Fahrzeug ein Dach hatte, das man hydraulisch öffnen konnte. Der Arm der Anlage, der zum Ausrichten des EMP-Strahls dient, sollte so installiert werden, dass er durch das geöffnete Dach ausgefahren werden konnte. Ein weiteres Problem war, dass ich eine separate Stromversorgung für den EMP-Generator brauchte. Die Leistung des Automotors war nicht ausreichend."

„Wie haben Sie diese beiden Probleme gelöst?"

„Zuerst habe ich mir aus dem Institut Maschinenbau einige Bauteile besorgt, um eine hydraulische Hebevorrichtung zu bauen. Und für die Stromversorgung habe ich mir im Institut für alternative Energien eine Brennstoffzelle und zwei Wasserstofftanks erbettelt. Damit war meine EMP-Anlage völlig autark geworden."

„Haben die Süd-Lameianer das Fahrzeug bei Ihnen abgeholt?"

„Nein, ich musste es nach Dachau fahren und am Parkplatz des ehemaligen Konzentrationslagers abstellen. Den Fahrzeugschlüssel habe ich dann an Fan-Ju weitergegeben. Ich muss aber noch etwas Zusätzliches berichten: bevor ich den Lieferwagen übergeben habe, habe ich einen Selbstzerstörungsmodus in das Fahrzeug eingebaut."

„Wie sah dieser Modus aus?"

„Der Transformator der Anlage ist mit einer Art Leichtöl als Isoliermittel gefüllt. Dieses ist leicht entzündlich. Ich habe eine Zündstrecke eingebaut, die beim Anlassen des Motors des Fahrzeugs sofort zündet, wenn sie nicht vorher ausgeschaltet wird. Um sie zu entschärfen muss der Zündschlüssel zuerst in die Gegenrichtung zum Anlassen gedreht werden."

Mein Chef stürzt in den Himmel. So aufgeregt habe ich ihn noch nie gesehen.

„Meine Herren, soeben erhalte ich die Nachricht, dass der Professor Klump vor seinem Wohnhaus erschossen wurde."

Wir sitzen im Arbeitszimmer meines Chefs. Am Konferenztisch sind versammelt: der Chef, Herr Kriminaldirektor Hamann, mein Kollege Max Pfleger, Herr Engel, Oberst Reimann und zwei uniformierte Kollegen, eine Polizistin und ein Polizist.

Mein Chef:

„Die beiden uniformierten Kollegen hatten die Aufgabe, das Haus von Professor Klump, und damit ihn, von der Straßenseite her zu überwachen. Ich habe vergessen, die beiden vorzustellen. Die Kollegin ist Frau Polizeiobermeisterin Lein und der Kollege ist Polizeimeister Winter. Bitte Frau Polizeiobermeisterin, berichten Sie, was passiert ist."

„Wir haben um halb acht Uhr die Kollegen von der Nachtschicht abgelöst und saßen in dem Überwachungsfahrzeug. Um kurz vor acht Uhr öffnete sich die Haustüre und Herr Professor Klump kann heraus. Er trug Hut und Mantel und eine Aktentasche unter dem Arm.

Er ging die paar Schritte zum Garagentor. Das ist eine alte Konstruktion ohne einen elektrischen Antrieb zum Öffnen. Deshalb bückte sich der Professor und schloss das Tor auf. Er erhob sich aus der gebückten Haltung und fasste an den Drehgriff, um das Tor zu öffnen. In diesem Moment erschien der rote Punkt eines Laserzielgerätes auf seinem Rücken, wanderte hoch zu seinem Hinterkopf und dann fiel schon ein Schuss. Es muss eine großkalibrige Waffe gewesen sein, denn der Kopf von Professor Klump zeigte ein großes Loch. Er rutsche langsam am Garagentor nach unten. Dabei hinterließ er eine Blutspur am Tor."

„Was taten Sie daraufhin?"

„Ich setzte den vereinbarten Notfallruf ab und dann rannten wir zu dem Getroffenen. Wenige Minuten danach kamen die ersten Kollegen. Sie waren durch Zufall in der Nähe auf Streife. Dann kamen die Kollegen, welche die Rückseite des Hauses observiert hatten. Zusammen mit ihnen gingen wir in die Richtung, aus der nach unserer Vermutung der Schuss abgefeuert worden war. Gegenüber dem Anwesen von Professor Klump ist ein unbebautes Grundstück, das mit Bäumen und Büschen bewachsen ist.

Hinter einem der Büsche fanden wir ein Nato-Sturmgewehr mit einer aufgesetzten Laser-Zielvorrichtung und daneben eine leere Patronenhülse. Ein paar Meter von diesem Fundort entfernt fanden wir zwei Fußspuren – Sportschuhe, vermutlich Größe 39 und 36."

Ich melde mich:

„Ich wette, dass ein Vergleich mit den Fußspuren in dem Rohbau des U-Bahnhofes eine Übereinstimmung ergeben wird."

„Das kann sein! Jedenfalls befinden sich das Gewehr und die Patronenhülse bei unserer Kriminaltechnik. Deren Mitarbeiter werden sicherlich Abgüsse der Fußabdrücke angefertigt haben."

„Nach diesem Attentat müssen wir die Suche nach den beiden Damen vom den Geheimdiensten der Lamei-Staaten weiter intensivieren."

Wir wollen das Büro meines Chefs gerade verlassen, als das Telefon läutet. Die Polizei aus Seeshaupt meldet, dass sie wahrscheinlich den weißen Lieferwagen gefunden hat. Er soll auf einem Campingplatz an einem oberbayerischen See stehen.

Der Platzwart hat sich aufgrund der Veröffentlichung unserer Suche in der örtlichen Zeitung gemeldet. Meine Ahnung hat mich nicht getrogen.

Ich bitte meinen Chef um den Telefonhörer.

„Herr Kollege, bitte halten Sie sich von dem Fundort fern. Sperren Sie alle Zugänge weiträumig ab. Ich verständige das Sondereinsatzkommando. Bitte seien Sie vorsichtig! Die Benutzer dieses Mercedes-Sprinter sind gefährlich! Sie schießen sofort! Und in dem Fahrzeug ist ein Selbstzerstörungsmechanismus eingebaut, der bei Auslösung eine uns unbekannte Wirkung haben kann. Ich komme so schnell wie möglich zu Ihnen."

Mein Chef fragt:

„Herr Wille, wie wollen Sie vorgehen?"

„Ich werde als erstes den Verdächtigen, Hans Kohler, holen lassen. Er kann uns zumindest bei der Entschärfung des Zerstörungsmechanismus helfen. Deshalb werde ich versuchen, ihn zu überreden, mit mir zu kommen. Im Notfall verspreche ich ihm eine Strafmilderung.

Und dann werde ich mit dem SEK zu diesem Campingplatz fahren. Alles Weitere entscheide ich dann vor Ort nach Lage der Dinge."

„Die Herren Engel und Reimann werden Sie begleiten."

„Das geht in Ordnung!"

Wir sind auf der Fahrt nach Seeshaupt. Max und ich sitzen im Kommandowagen des Sondereinsatzkommandos. In einem Begleitfahrzeug folgen uns die beiden Herren von den Geheimdiensten, die Herrn Kohler zwischen sich genommen haben. Der Leiter der Sondereinheit, ein sportlicher Mitvierziger mit den ersten grauen Haaren, sitzt mir gegenüber. Während der Fahrt berichte ich im alles, was wir bisher haben ermitteln können. Meine Darstellung beinhaltet auch Hinweise auf die Gefährlichkeit der beiden Damen von den asiatischen Geheimdiensten.

Der Chef des SEK:

„Wenn ich alles richtig verstanden habe, schrecken die beiden Damen vor keiner Gewaltanwendung zurück. Ich meine, wir sollten sehr vorsichtig vorgehen und mehr auf Aushungern als auf Stürmen setzen."

„Das entspricht völlig meiner Meinung. Zusätzlich müssen wir versuchen, mit Hilfe des Verdächtigen den von ihm eingebauten Selbstzerstörungsmechanismus außer Kraft zu setzen."

„Sie haben etwas vergessen! Bis jetzt haben wir keinerlei Kenntnis darüber, wo sich die beiden Damen aufhalten. Sie können in dem Lieferwagen sein aber genauso gut weit weg."

„Das ist richtig und ich mache mir seit einiger Zeit Gedanken, wie wir das ermitteln können."

„Ich meine, wir entscheiden dies vor Ort, wenn wir abschätzen können, wie wir an den Wagen herankommen können."

In diesem Moment erreichen wir die erste Straßensperre der örtlichen Polizei. Ich steige aus dem Kommandowagen und nähere mich den uniformierten Kollegen. Es sind Beamte der Bundespolizei in ihren schwarzen Uniformen. Einer von ihnen ist an seinen Abzeichen als der Leiter der Gruppe zu erkennen.

„Hallo Kollege, ich bin Kriminalhauptkommissar Peter Wille von der Mordkommission München."

„Grüß Gott! Ich bin Polizeikommissar von der Dienststelle Starnberg der Bundespolizei. Ich habe hier das Kommando."

„Ist diese Straße die direkte Zufahrt zum Campingplatz?"

„Ja und zwar die einzige!"

„Wie weit ist es noch zum Platzeingang?"

„Ungefähr zwei Kilometer!"

„Wo finde ich den Platzwart, der uns alarmiert hat. Ich muss ihn unbedingt sprechen, bevor wir uns dem Platz nähern."

„Er wartet drüben in unserem Wagen. Ich hatte mir schon gedacht, dass Sie ihn wegen seiner Ortskenntnisse brauchen werden."

Ich verlasse das Kommandofahrzeug und gehe zusammen mit dem Leiter des SEK zu dem Fahrzeug der örtlichen Polizei. In ihm sitzt der Platzwart. Als wir näherkommen, steigt er aus dem Wagen. Er ist ein großer Mann in Arbeitskleidung. Ich schätze sein Alter auf etwa Mitte Fünfzig.

Ich stelle mich und den Chef des SEK vor und beginne mit der Frage:

„Wie sind Sie auf die Idee gekommen, dass es sich bei dem Sprinter auf Ihrem Campingplatz um das Fahrzeug handeln könnte, das wir über Presse und Rundfunk suchen?"

„Erst einmal sind mir die großen Scharniere aufgefallen, die der Wagen links und rechts am Dach hat. Sie entsprechen der Beschreibung, welche ich in der Zeitung gesehen habe.

Dann fielen mir die Asiaten auf, die den Standplatz auf meinem Campground gemietet haben. Es waren mehrere; zwei Männer und zwei Frauen. Sie legten bei der Anmietung zwei Ausweise vor und zwar auf die Namen Fan-Ju Miller und Oskar Miller. Deutsche Ausweise und so ein asiatisches Aussehen; das passte nicht zusammen. Und auch noch „Oskar Miller"! Das war doch wer! Ich meine früher!

Und dann waren sie nur gelegentlich am Platz, so, wie wenn sie nur eine Abstellmöglichkeit für ihren Wagen und keinen Campingplatz gesucht hätten,"

„Sie haben das alles sehr gut beobachtet. Eine Frage noch: wo steht der Wagen und wie ist im Augenblick die Auslastung des Campingplatzes?"

„Der Wagen steht im vorderen Teil des Campingplatzes direkt am See und zwar rückwärts, so, dass man leicht wegfahren kann. Und Nachbarn sind keine da. Jetzt im Herbst geht die Saison zu Ende und es kommen faktisch keine Camper mehr. Die Dauercamper stehen im hinteren Teil des Geländes.
Nur als Tipp: auf dem Gelände des Campingplatzes stehen viele alte Bäume, hinter denen man sich gut verstecken kann. Dies nur, wenn Sie sich an den Wagen anschleichen wollen."

„Danke, das ist besonders interessant für die Männer vom SEK."

Wir versammeln uns vor dem Kommandowagen des SEK. Wir, das sind der Leiter des SEK, die zwei Männer von den Geheimdiensten, Hans Kohler, Max und ich.

Der Chef des SEK ergreift das Wort:

„Ich schlage vor, dass wir vorsichtig noch etwa einen Kilometer mit unseren Fahrzeugen vorrücken, sie dann abstellen und uns zu Fuß dem Standplatz des Sprinters nähern. Sobald wir mit ihm Blickkontakt haben, entscheiden wir die weitere Vorgehensweise."

„Damit bin ich einverstanden. Herr Kohler, sie bleiben ab sofort immer neben mir. Sollten Sie irgendwelche Schwierigkeiten machen, gehen Sie sofort zurück in die Obhut der Kollegen aus Seeshaupt."

„Ich habe nicht vor, Ihnen Schwierigkeiten zu machen."

„Gut, dann lasst uns losfahren, langsam und möglichst leise."

Wir verteilen uns auf die Fahrzeuge des SEK. Diese setzen sich behutsam in Bewegung. Etwa einen Kilomater vor dem See halten alle an und die Besatzungen steigen aus. Manche von Ihnen ziehen ihre Schutzwesten an, andere kontrollieren ihre Waffen. Auch Max, ich, Herr Kohler und die beiden Geheimdienstler erhalten Schutzwesten und legen sie an. Dann setzen wir uns alle Richtung See in Bewegung. Nach weiteren siebenhundert Metern sehen wir den vorderen Teil des Campingplatzes vor uns.

„Nach der Beschreibung des Platzwartes müsste der Sprinter links von der Einfahrt in den Platz am Seeufer stehen. Da, sehen Sie durch die Büsche den weißen Aufbau des Lieferwagens!"

Der Leiter der SEK-Abteilung spricht in ein kleines
Funkgerät:

„Ziel erkannt auf elf Uhr! Langsam nähern! Deckung
hinter den Bäumen suchen!"

Im Halbkreis, gedeckt von den alten Bäumen und etwa
fünfzig Meter von dem Mercedes-Sprinter entfernt,
sind rund dreißig Männer des SEK in Stellung gegangen.
Ich liege zwischen dem Leiter des SEK und Hans Kohler
hinter einer dicken Eiche. Ich habe direkte Sicht auf den
Lieferwagen. Links und rechts am Dach sind deutlich
die großen Scharniere zu erkennen, die zum Öffnen des
Daches notwendig sind. Weder am noch im Wagen
können wir eine Bewegung ausmachen.

Ich raune dem SEK-Leiter zu:

„Wie können wir ermitteln, ob jemand im Wagen ist?"

Da meldet sich Hans Kohler:

„Ich mache Ihnen einen Vorschlag. Ich gehe zu dem Fahrzeug. Sollten die Damen anwesend sein, werde ich sie begrüßen, als ob nichts wäre und ich mich freue, sie zu sehen. Wenn sie nicht da sind, werde ich den Mechanismus zur Selbstzerstörung funktionsunfähig machen."

„Sie wissen, dass Sie im Falle, die Damen sind im Wagen, mit Ihrem Leben spielen."

„Ja, das kann sein. Ich glaube aber nicht, dass sie auf mich schießen."

„Na gut! Sie müssen wissen, was Sie tun! Versuchen Sie Ihr Glück!"

Hans Kohler steht auf, umrundet die Eiche, hinter der wir in Deckung gegangen sind und geht langsam auf den weißen Lieferwagen zu. Vor der Beifahrertüre hält er kurz an, dann öffnet er sie und steigt in das Fahrzeug ein. Es vergehen mehrere Minuten, in denen sich nichts tut.
Plötzlich hören wir das Schlagen einer Wagentüre und dann ein Platschen im See. Kurz darauf heulen mehrere Motoren auf und aus der Deckung des Lieferwagens erscheinen zwei Jetski, die mit zunehmender Geschwindigkeit auf den See hinausbrausen.

Der Leiter der SEK-Abteilung:

„Die Damen waren im Wagen und sind durch die hintere Türe, die Ladetür, hinaus. Die Flucht mit den Jetskis war wohl vorbereitet!"

„Aber wo ist Kohler?"

Ich spreche das aus und im gleichen Moment überschlagen sich die Ereignisse:
Der Motor des Mercedes-Sprinter wird gestartet und gleichzeitig gibt es eine Explosion. Die Fahrertüre öffnet sich, Hans Kohler rennt mit brennendem Mantel zum See und springt hinein. In diesem Augenblick wendet einer der Jetski und rast zurück zu dem schwimmenden Kohler. Die Fahrerin bremst ab, beugt sich zu Kohler hinunter und zieht ihn hinter sich auf den Sitz, wendet und braust davon. Der Lieferwagen steht in der Zwischenzeit in Vollbrand. Ohne die Feuerwehr ist nichts mehr zu retten.

„Wir brauchen einen Hubschrauber!"

Max hat schon das Handy am Ohr und fordert einen Helikopter an. Ich habe keine Hoffnung, dass die Verfolgung der Flüchtigen nach der Anflugzeit noch einen Erfolg bringt.

Die Zusammensetzung der Runde im Arbeitszimmer meines Chefs hat sich nicht verändert. Er erklärt:

„Meine Herren, der Fall ist abgeschlossen.

Nach unserem derzeitigen Wissenstand haben die beiden asiatischen Damen unser Land verlassen. Von Hans Kohler fehlt jede Spur. Wir nehmen an, dass er nach der Explosion in dem Lieferwagen so schwer verletzt war, dass ihn die Damen im See zurückgelassen haben. Unsere zuständigen Stellen suchen nach der Leiche.

Die Damen sind nach der Aktion am Campingplatz mit den schnellen Wasserfahrzeugen quer über den See zu einer privaten Anlegestelle am Gegenufer gefahren. Dort hat ein Wagen auf sie gewartet, der sie in die Schweiz gebracht hat. An der Grenze haben sie sich mit Diplomatenpässen ausgewiesen. Von Zürich sind sie dann nach Dubai geflogen und dort verliert sich ihre Spur. Das einzig Positive ist, dass es weder Süd- noch Nord-Lamei gelungen ist, in den Besitz der Entwicklung von Hans Kohler zu kommen.

Schlimm ist und wir bedauern das sehr, dass dieser geniale Wissenschaftler dabei sein Leben verloren hat. Wir gehen davon aus, dass er sich selbst geopfert hat, um eine missbräuchliche Verwendung seiner Entwicklung zu verhindern.

Aber kein Mensch kann voraussagen, wann es einem anderen Genie gelingt, einen linearen EMP zu erzeugen und damit alle bisherigen durch eine Elektronik gesteuerten Waffen abschaltbar zu machen."

PETER RAUPACH
Diplom-Volkswirt

Im Kriegswinter 1940 wurde der Autor in Radebeul bei Dresden geboren. Seine Familie flüchtete dann am Ende des Krieges vor den vorrückenden Russen nach Franken und fand in Bamberg eine neue Heimat. Dort wuchs der Autor auf. Nach dem Abitur studierte er in München Elektrotechnik und Volkswirtschaftslehre. Seine berufliche Laufbahn begann als Direktor einer bayerischen Bank und endete als weltweit tätiger Unternehmer.

Jetzt im Ruhestand füllt er seine reichlich vorhandene Zeit mit dem Schreiben von Kriminalgeschichten, die immer wieder seine Verwurzelung in der Technik spüren lassen. Die hierin handelnden Personen müssen ohne Schnörkel gestaltete Fälle lösen.

Die vorliegende Geschichte ist die erste veröffentlichte einer Reihe von weiteren Geschichten.